《家》系列第一部

耕史记

李異蘭　著

山西出版传媒集团
山西人民出版社

图书在版编目（C I P）数据

耕史记 / 李异兰著. —太原：山西人民出版社，2015.4

ISBN 978-7-203-08908-7

Ⅰ. ①耕…　Ⅱ. ①李…　Ⅲ. ①长篇小说—中国—当代
Ⅳ. ①I247.5

中国版本图书馆CIP数据核字（2015）第055227号

耕史记

编　　著：李异兰
责任编辑：柳承旭
装帧设计：刘彦杰
素描插图：李　睿

出 版 者：山西出版传媒集团·山西人民出版社
地　　址：太原市建设南路21号
邮　　编：030012
发行营销：0351-4922220　4955996　4956039
　　　　　0351-4922127（传真）　4956038（邮购）
E-mail：sxskcb@163.com　发行部
　　　　sxskcb@126.com　总编室
网　　址：www.sxskcb.com

经 销 者：山西出版传媒集团·山西人民出版社
承 印 者：山西出版传媒集团·山西省美术印务有限责任公司

开　　本：890mm × 1240mm　1/32
印　　张：7.5
字　　数：200千字
印　　数：1-3 000册
版　　次：2015年4月　第1版
印　　次：2015年4月　第1次印刷
书　　号：ISBN 978-7-203-08908-7
定　　价：28.00元

目 录

关于《耕史记》

《耕史记》（原名《家》）的作者李異蘭，本名李新娥，于一九五七年三月出生于山西太原向阳店军营，祖籍湖南宁乡。一九六三年跟随其母回到祖籍宁乡生活十七年，后于一九八〇年回太原定居，并参加工作。

作者经历十七年的南方农村劳动生活，决定写一部南方农村劳动人民辛勤耕种、劳作的真实生活篇章。并以父辈的“家”的真实家境和所经历的真实劳动生活，编著了这部述说中国南方湘中劳动人民千年以来历代一年四季辛勤耕种、劳作的真实情景，号召人们传承历史，文明耕种、科学种植、勤俭节约和珍惜来之不易的粮食。

这部《耕史记》(《家》)始于一九八六年开始写作，因工作繁忙，一九九一年完成初稿，后因作者失忆多年，原初稿丢失，多次寻失未果，一直未能出版此书。今年年初开始重著此书，现已完成编稿。

出版此书是作者一生中最大的愿望，尤其是《舌尖上的中国》播出后，激励作者提笔重写此书。

作者：李異蘭

2014 年 9 月 17 日

传　承

承千年聚宝盆　林园优雅

传农耕藏经典　书展文明

-- 李異蘭

惜　粮

朝出暮归勤耕耘　惜粮传古今

苍生颗粒皆辛苦　粒粒如宝珍

-- 李異蘭

耕史记

我生于一九三二年的夏季。我的家是个自耕自种的以农耕谋生的家，是个勤劳、淳朴、节俭、善良的家。我将记忆中难以忘却的“家”的《耕史记》呈献给大家……

云雾萦绕绿茶丛　蜂盈飞舞白花茵

农家睦居一冲寨　茶园深处七仙营

第一章

甲子雨：春甲子雨地赤千时　秋甲子雨乐生两耳

夏甲子雨撑船入市　冬甲子雨牛羊冻死

（天象气候农诀）

我出生在湘中宁乡偏西南与湘乡、湘潭搭界处“茶林寨”下的“茶塘冲”。“茶林寨”以漫山遍野的优质茶籽树、茶叶树（小茶籽）为名，盛产茶籽油（清油）。

“茶林寨”主峰坐西朝东，南峰称“茶籽坳”，北峰称“茶籽岭”。寨、岭、坳脚下躺着历代祖辈们辛勤劳作开辟修建起来的三片水稻梯田十五亩。三片梯田之间以三条“坝港子”（溪水渠）相连接，每片梯田顶端均修筑了一座“山塘”，三条“坝港子”随着梯田的逐渐汇集成一条。站在山上俯视：“山塘”衬托着弯曲而蜿蜒的田塍、港流，构成了一幅无比壮观的天然图画。这就是“茶塘冲”。

南坳、北岭向东延伸形成山涧峡谷口，为“茶塘冲”入道口。

峡谷之间沉睡着前人相继修筑起来的两座池塘，靠里面的池塘称“上茶塘”，入口处的这座池塘叫“下茶塘”。“下茶塘”的容水量是“上茶塘”的四到

梯田

五倍，两座池塘的容水量能供给冲外“坳嘴弯”五十亩川田的用水。两座池塘之间修筑着三亩多的梯田，这里的梯田丘与丘之间有两米多高的田塍田塝衔接，祖辈们用石头和膏泥垒起的田塍田塝就像一堵墙，非常结实而牢固，经历了多少年的风雨洗刷、大水冲击、山洪瀑发等等，却依然美丽无瑕地“微笑”在山涧。

我家在下茶塘的下面还有几亩川田，是我们家里的优质水稻田。冲里冲外共有三十亩水稻田，年年保证这“茶塘冲”人的生活温饱……

“茶塘冲”里住着七户人家：南坳脚下分东西对门住两户，中间梯田、池塘相隔；寨上山与山之间的山窝子里面住一户，此处称为“神居”；主寨脚下山正中凸出的“山粑粑”（小山）处住一户人家，此地是块“宝地”叫“蚌壳掀缝”；北岭山坡上住一户人家，以种红薯、小麦为生计；北岭脚下有一处宽敞的茅草坪，这里居住一户人家，坐北朝南，与主寨间的“长石板坡”相望。“长石板坡”的下面有一个很大的水坑，雨大时山水从石板坡上直流而下，长年冲击形成了山溪上游尽头的一个大坑。这个坑大概有一丈多深，雨水大，坑便深了，滚落一些石头进去，坑又浅了。山溪的水直接流进“坝港子”里。“坝港子”弯弯曲曲地通到了“坳嘴弯”川田外的水库里，一路上给两边的水稻田供水。

这六户人家大都是茅草房，茅草房冬暖夏凉。他们都各自以靠山吃山的方式维持生活，没有水稻田，但是每户都有几片山茶林。他们把山间平坦的地方开垦出来，用作种植。刨薅山里肥沃的黑土及草皮子，在自家院子的地坪里或种植地的地里挖几个见方的大土坑，用石头和膏泥砌好四边的直壁，做成“沤凼坑”，把草皮、沃土、牲畜粪便放进“沤凼坑”里，担水淹盖住草皮土等。平时自家的生活废水都往里面倒，并且经常翻动使草皮土腐熟得快些，做成“沤凼粪”。这样的“沤凼粪”是山里人最好的种植肥料。他们用“沤凼粪”、牲畜粪和人的粪便来种菜、种红薯、种麦子（小麦）、种棉花、种麻；他们还养蚕、养蜂、养鸡、养猪、养兔等；用茶籽油（清油）、桐籽油（桐油）、木材、竹子、木炭等换米、盐、钱及日用品等维持生计。靠山吃饭也等于靠天吃饭，户户都过得非常简朴和节俭。

我家是在北岭山脚凸出来的小山边处，住着祖辈逐步建成的U字形的青瓦房，祖孙四代人一起生活。有正房、厢房、灶房、碾子房（碾磨房）、仓库房（储粮）、农具杂房、饲养牲畜房；另外，正房两侧各有一口“天井”，称“天井房”。共有十七间青瓦房（含两间“天井房”），两间茅草房。

东侧“天井房”供“堂客”们（女人们）做鞋、绣花、纺线、织布用，牵织布“经线”一般是在院子里牵，牵好卷起来再架到织布机上，自纺自织；“天井”里面放着一口大水缸，五六天换一次水，水缸里的水长年都是满满的，一般用于洒水、扫地、养花和给后院里的那一片麻土浇水，也是失火时的备用水。东侧“天井房”与“碾子房”相连。

西侧“天井房”用于拣菜、洗菜、切菜（含切猪菜）、打草鞋、搓草绳子等；墙上挂着六、七身蓑衣和斗笠；靠着天井旁边放着两口大水缸用于储存饮用水，两口水缸上都搭着一条竹笕筒，这竹笕筒是用多根竹竿通节后连接而成，直通后山的“泉水井”。

后山“泉水井”居高临下，竹笕筒倾斜至天井水缸，水缸向天井里微微侧倾，水满自溢，长流不息。

后山水井的水不是地表水，是从山间渗透出来的水，水质甘甜滋润，是天然的矿泉水。

西侧“天井房”与厨房相连，这两间房的后面加盖了两大间茅草房来圈养牲畜，茅草房冬暖夏凉，很适合圈养牲畜。一大间养猪，母猪与肉猪以猪栏隔开饲养；一大间养牛，牛栏中常畜养三至四头成年耕牛，备耕地使用。猪栏只有两尺来高，牛栏与茅草屋的屋梁一样高，每栏的中间都开一扇牛能出进的“牛栏门”。后院里垒了大鸡窝，供二十来只鸡夜宿。后院山壁挖有一人多高的山洞，洞道的一米深处开了一扇洞门，洞门里面是一间大山窖，窖壁是石膏泥壁，用石灰、黄土泥、水混合成泥巴，粉刮在四壁和顶上，防止浸水和防潮，地是“山渣土”（山渣土是用石灰、石沙、黄土、石膏泥土混合的土）拍打、抹平的，窖里面既干燥又清凉，储存红薯、萝卜、白菜，还放着几个酒坛、菜坛和储存各类种子的缸等。每年过年剩下的肉和鱼都熏干，放进山窖里的坛子里，用棉塞子闷紧，到了夏季农忙时取出来吃，既下饭又消暑下火，也是平时招待客人上好的菜肴。

我家在“茶塘冲”里面算是大户。

我家祖祖辈辈在这里住了很多年，我的太吉（曾祖母）常说：“我家是从‘洪洞大槐树’那儿搬来这里的。”有时还让我伸出脚丫子来看看，小脚拇指的指甲是不是两块……虽然不知是真是假，但是，一代又一代，祖祖辈辈都是这么说的。

我的太公（曾祖父）已经过世，是祖上单传的第三代。死于哮喘病，一口气没上来就走了。

我家现在有十五口人：太吉（曾祖母）、公吉（爷爷，平日里也叫“公公”）、安吉（奶奶，平日里也叫“安安”）、爹爹（“爹”念“嗲”字的音）、娘（继母）、三姑、四姑、满叔、满婶、二弟、正妹、三弟、满妹、四弟（满叔和满婶所生的第一个孩子）和我自己。

我的公吉（爷爷）安吉（奶奶）都很疼爱我。我的公吉是第四代单传。他们生有三个伢子（男丁），可惜第二个伢子只有三岁就淹死在水塘里。剩下我爹爹和满叔两个伢子，到我爹爹这一代才结束了单传的“痹症”。爹爹是公吉的长子，我是爹爹的长子、公吉的长孙。满叔比我大两岁，小名叫“四一”，是公吉四十一岁时生的。我们俩一起上学、一起玩耍、一起学习耕种劳作，是最好的叔侄和朋友，当然也会不时吵嘴打架，弄得太吉和安吉“不和”，各自都护着自己的孙子，但是没有两分钟，我俩就又在一起打陀螺、滚环、跳绳、爬草楼、躲迷藏玩耍起来，从不计较。

我刚过十二岁不久，我的太吉病床不起。从此我和满叔都不再上学，跟着公吉和爹爹学习种田。我们俩相互照顾着学习农耕劳作，不再打闹贪玩。太吉这次风寒病长达半月有余，恢复后还常常腿软。

爹爹教我学习耕种农技，我家冲里的三片梯田很特别，到处是石头埂，一年要犁坏好几个犁头。爹爹最疼惜家里的农具，对我们要求很严格，每当农具弄坏或农活干得不标准时，他都会拿起吆喝牛的竹条往我的小腿上抽。刚学做农活时，我的小腿肚子上经常被抽出一条一条鼓起来的竹条红印来。竹条是捋掉竹叶的干竹枝，不伤筋骨、不伤肉，只伤皮，但抽一下真的很痛，到晚上洗漱时，沾上水更是痛得要命。爹爹打人时嘴里面还不闲着，边抽边唠叨着："不打不成材，'竹丫枝'里面出好人。" 但是，爹爹从不打满叔，他非常孝顺老一辈，加上太吉特别护着满叔。这样，我的进步很快，我十五岁已经掌握了自家田地里所有农作物的耕种的技巧、农田土质和水质的灌溉习性以及农具修理制作技术。安吉常说："学徒三年必成才。"

其实爹爹平日里对我还是和蔼可亲的，我是爹爹背上的常客，只要干活累了困了，他就会背着我回家。爹爹有时也像个孩子，闲下来时会和我、满叔一起玩一会儿；而上山打猎时爹爹更像个孩子：穿上自制的翻毛皮背心，斜背着子弹带，竖背着猎枪，腰里缠几只猎夹子；牵着白毛猎狗 "白达子"和黑毛狗"达耳子"，吹着口哨上山。那样子真像个地地道道的猎家"顽童"，他老人家非常熟悉野物经常出没的地方。山上有猪獾子、野猪、野兔、箭猫子、山羊、獐子、黄鼠狼、野鸡等。

有一天，爹爹和我把三只猎夹子放到一个野物洞口，把猎夹子交叉排好打开，洞边放些野物爱吃的东西，等野物一出洞就会被夹住脚。安置妥当后，我和爹爹，还有白达子、达耳子躲藏在远处静静地观察，藏了有半个多时辰，才看到洞口处的草木有动静，同时还能听到野物嗷嗷低吟的叫声，爹爹和我立马解下犬绳放开白达子和达耳子。白达子和达耳子"汪"、"汪"地叫了两声，嗖地飞跑过去，我和爹爹也一齐追过去，等我们赶到时，白达子先擒住被猎夹子夹住脚的小猪獾，死死地咬住它的脖子，达耳子则用前爪摁住它的背。这只猪獾很坚强，脚上带着猎夹子还走了这么远，若不是白达子是猎狗跑得快，它没准还能逃跑呢。

白达子是爹爹亲手训练出来的好猎狗，从不咬坏野物身上的皮毛，只咬脖子。平时保家护院，安排要看住什么东西，白达子从不随意擅离职守，是条忠实守信的好猎狗。今年它已经十一岁了，却还是那么健壮，对野兽凶猛，攻击力极强，对家人百般呵护。纯白色的皮毛光泽耀眼，体大腰圆，毛绒绒的粗尾巴摇晃起来非常漂亮，大大的眼睛，肉红色的眼睑，像个没出阁的大美女。

爹爹对白达子说："好了！好了！快放下！"

白达子这才松了口。但是，它的两只前脚还是紧紧地摁着猪獾的头和脖子，抬着头看着爹爹，意思是告诉爹爹：它还活着，要小心。

达耳子闻着什么味走开了。达耳子比白达子小两岁，是爹爹从大舅家抱回来的一条优良黑狗，虽然很优秀，但与白达子相比，它的攻击力还相差甚远。一身黝黑黝黑的皮毛，油光滑亮，双眼上方有一撮眼睛大小的棕黄色的毛，看上去就像是四只眼睛，公吉叫它四眼狗。达耳子特别爱舔四弟流出的眼泪和鼻涕，每当四弟哭脸时，总少不了它的帮忙。爹爹驯教它时，总请白达子给它做示范。达耳子很努力，也很强，但是作为猎狗，它的自信心稍差点，现在还是比不上白达子的攻击力。

此时的爹爹高兴地一把抱起我，举过头顶，八岁的我顺势往爹爹的脖子上一坐，骑在爹爹的脖肩上。这是爹爹怕猪獾伤了我，先把我保护起来。他一边用脚踩住猪獾的脖颈，一边嘴里念叨着："前天夜里你拱了我的红薯的种子地，我顺着脚印找到了你的老巢。嘿嘿，现在我要吃你了，哈哈。"然后把猪獾腿上的猎夹子卸开，从兜里掏出麻绳，把猪獾的四条腿绑在一起，打了死结，再把我放下来。

我指着猪獾问：“爹爹，这叫什么野物？”，又揪了揪它的尾巴，它嘴里还在“噢噢”地哼着。

爹爹回答：“猪獾子。它喜欢拱红薯地吃红薯，也爱吃田老鼠。我本不想捉它，它嘛吃了好几眼种红薯，那两块红薯的种子土都被它嘛动了，‘上屋里’（山坡上的邻居）的种红薯土也被它嘛了，只好收拾它喽。”

我说：“它还在叫呢。”

爹爹说：“嗯，回去给它脖子上一刀，它的血又嫩又营养，给你太吉补身子。”

我说：“那我吃它的肉来给我长身高，我想长得高些，多帮爹爹干些活。”说完，我觉得自己的脸红了，脸上热乎乎的。我比同龄伢子都要低一些，因为我两岁住在外婆家，七岁才回来。虽然外婆亲我，什么好吃的东西都先让我吃，但是外婆家的生活条件差些，既缺乏营养供给，又缺乏锻炼，所以我的个子低。外婆的原则是我不生病就好，就像家里养的花儿那样呵护我。

爹爹说:“哈哈,你多吃些。快快长大,帮爹爹犁田、种菜。”

我红着脸说：“我也要长爹爹您这么高大。”

爹爹笑着说：“你是爹爹的儿子，一定会比爹爹还高呢，一代要比一代强嘛，是不是，哈哈。”爹爹笑起来真帅。

我跳起来喊：“哦！我要比爹爹高啦，我要比爹爹高啦！”

这时，爹爹用猎枪枪杆从猪獾的后腿中间挑起来，往肩上一扛。爹爹吹出长长的一声口哨，猎狗白达子和达耳子飞快地跑过来。爹爹和我给它们的脖子上拴上犬绳，不许它们乱跑。

我抚摸着它们的头：“好样的。”然后牵着它们下山。

爹爹满脸笑容的说：“大伢子，回家。”

狩到猎物是爹爹最高兴、最像小孩子的时候。爹爹笑起来真帅气，有些像安吉，脸蛋上有两个小酒窝，满脸忠臣相，做事认真、踏实、细心。爹爹干活麻利，没有能难倒他的事，遇到困难时总有办法应付自如。

我们穿过山林，越过柴丛，跃上山间小道。爹爹和我一样，边走边跳地下山。爹爹高兴地又唱起了山歌……“山——歌——子——依——哎——依哎……”

立春晴明百物成　春分青云小麦宜

立夏大晴年必旱　夏至赤云五谷丰

（天象气候农诀）

第二章

己卯风：春己卯风树大空　夏己卯风禾大空

秋己卯风乐里空　冬己卯风袖里空

（天象气候农诀）

我十五岁这年的冬季，又像往年一样烧几窑木炭送到城里去卖些钱，用做日常家用和购置过年的年货等。

第一窑木炭封火后，就开始准备烧第二窑。第一窑木材砍伐的是菜土周边的大树下层的粗树枝。第二窑的木材应该砍伐房屋周边大树下层的粗树枝。

我拿着锯子、梯子和绳子，去屋后周边砍伐大树下层的粗枝，准备烧第二窑木炭的木材。粗枝用来烧成木炭去卖钱，细枝烧火做饭、煮猪菜等。也是给自家山里的树木减负，免得深冬雨雪后树枝冻结成冰枝，风一吹，折断好的树木。尤其是怕屋周围的树枝扫到房屋上，扫坏屋檐边的瓦片，甚至使扫落下来的瓦片砸伤人。

我刚走到泉水井，就见满叔从山上下来，左手提着羊角锄，肩上用锄头把担着两个枯死的大树蔸根，右手拿着一把砍柴的弯刀搭在肩上的锄头把上。见我就问："云大，封火了？"

我说："刚封了火，这一窑烧得不错。你这挖的是岭上大石头下面的那两个枯蔸根吧？"

满叔放下羊角锄和肩上担的蔸根，过来边帮我举梯子边回答："嗯，是的，晒干晒干，大家围炉子烤火烧财猪（蔸根）吧。"

我们这里的风俗是：除夕要烧"年猪"，"年猪"就是大树蔸根。一个蔸根要从除夕烧到大年初二清早不熄火，如果烧不到初二早晨，表示新的一年会有不顺，是不吉利的。

满叔扶住梯子说："上吧。"我爬上梯子，攀着树枝，蹭上去坐到了树枝桠上，坐稳了说："满叔，绳子扔给我。"

满叔将绳子在手里卷好，另一只手捏紧绳子的一头，冲我一甩，我眼疾手快，捞住了绳子，拴在树枝靠中部的地方。然后，我和满叔俩人，一个人趴在梯上锯，一个人拽着拴在树枝上的绳子往山里面拽，这样树枝掉下来时就不会扫到屋檐和瓦片……

第一窑木炭封火两天了。这两天，我和满叔已经备好烧第二窑木炭的木材，堆放在窑前。爹爹到我跟前说："大伢子，你去草楼上取两捆好些的、长些的草（稻草）下来。"

我说："打草鞋？"我心里很清楚，为了去城里送木炭作准备，每当要出行远路，爹爹都会这样安排。

爹爹说："嗯，给你自己打几双掺布条的草鞋，明天天一亮，去城里送木炭，先送几家老主子（客户）和大主子（客户）的，回来时买口大铁锅回来。"

"嗯。"我答应一声立即行动起来，先上窑顶探探温，再到窑门口摸了摸，可以出窑了。

我趁天还有亮，草楼上不黑，赶紧进家搬木梯，爬上草楼。草楼是在西堂屋南侧厢房的二层，二层的楼板直通两间房屋到西侧的小菜园。草楼上塞满整捆的稻草，我仔细地挑选两捆干净长些的稻草扔下来。

我的家庭是农户中的中农，自己有山、有地、有田，一般都是自己耕种，只有农忙时才请短工帮忙，每天鸡鸣出，日落归，中午饭一般都是娘（继母）和四姑送到田边、地里、山上吃。半日的中间大家歇息一会，喝茶、抽烟。三姑会送来一罐热茶水（包括茶碗）和水烟筒。我家的水烟筒是铜制水烟筒，几个抽烟人每天抽烟，把烟筒摸得油光发亮，一般在歇息的时间里，每人抽三斗烟。就这样一家人一年四季在这个不大的冲①寨子里忙个不停，只有冬季到城里送木炭才有见到世面的机会。只有公吉不同，农闲时腋窝夹把油布伞，和相好的朋友一起商谈着牛、猪、土车子、犁、耙、牛轭子等生意，四处云游。

我十一二岁时，公吉还带我一起出去，跟我说："好牛啊，首先要看它的'牙口'好不好，用手摸一摸牛牙是不是坚硬，

注：①冲：这里指山间的凹地。

再掰开牛嘴看看牛牙整齐不整齐，有几颗牙就知道有几岁；然后看牛的屁股圆溜不圆溜、结实不结实；牛胯裆长得开不开，裆不开的牛没用，耕不了田，又懒又没力气；再后看牛蹄，看蹄是不是粗大、圆硬，蹄趾缝隙的宽窄和牛的‘丰台’是否高圆、厚实……”

晚上，我点上油灯，拿出打草鞋的“丁字爬”（打草鞋用的模具）往长板凳上一扣，准备打几双草鞋，走远路。

娘看见我拿草鞋“丁字爬”，走过来问：“打草鞋啊，是准备明天进城里送木炭？”

我说：“嗯。娘，您老人家有哪些家用要买的？”

这时二弟听到，跑过来说：“娘，我也要去！”

娘忙说：“大哥是去送木炭！‘土车子’①里装着那么重的木炭，要走六十多里路，很累的。还有啊，回来是要走夜路的，很黑，你不怕山里的老虎啊？”

二弟抢着说：“大哥，我坐你的‘车箩筐’里就不怕了。”土车箩筐是像个猪腰形状的大箩筐，能装稻谷三百多斤，木炭二百多斤。

娘又忙说：“‘土车子’里装满了木炭，颠簸那么远，木炭都让你坐碎了谁还要啊？你满脸是黑的，全身都是黑的，别人会把你当木炭买去烧的。”娘边说边在二弟的左脸上捏一把，

注：①土车子：指当地自制的木制独轮土车，上面常放着一个像猪腰形状的竹编大筐。

显出很明显的一个小红印。

二弟还是不甘心地对我说："大哥，你带我去吧！"

我看看娘，娘对我摇摇头，意思不要答应，我只好说："二弟，大哥下次带你去，这一窑木炭是上好的木炭，烧窑时，爹爹都特别小心，等大哥送小块木炭时再带你去，带你到城里面好好地窜窜（转转）。"

二弟不吱声了，安吉在喊："二伢子，过来，烤的红薯熟咯哒。"

二弟在布条篮筐里挑一根黑布条，在手里拽了拽，嘴里嘟嘟喃喃着："我不想吃红薯，我打陀螺去……"闷闷不乐的拽着布条。

安吉拿着在灶里面烤熟的红薯，拍打拍打灶灰，把红薯蒂掰断，吃掉红薯蒂根前的部分说："好甜啊，乖孙子吃红薯。"顺手掰一大节给二弟，这时正妹和满妹也都过来，安吉把剩下的分两半给她们俩："给，你们两个的嘞，出去耍去啰。" 三兄妹高兴地吃着红薯玩去了。

安吉又去灶里面夹出另一个红薯来，给我一半，说："乖孙子，你今天在家，尝尝烤红薯，我去找老三、老四。"安吉又把那一半红薯分给三弟和四弟。她烤两个红薯，自己仅吃个红薯蒂，为多子多孙而笑口常开。

二弟比我小七岁，人虽小，什么都跟着我们大人们学，很聪明，一看就会。只有生气的时候才是个孩子。但是，我说什么他从不反驳，他心里很明白，大哥非常疼他爱他。

我两岁时失去亲娘。亲娘在生我的妹妹时，遇到难产。那个年代没有接生婆，就是安吉和太吉俩婆媳在家里接生，我娘生妹妹三天，耗尽全身力气和精力生出妹妹，妹妹生出来时已经死亡，此时的娘已是奄奄一息，勉强地看了妹妹一眼就永远地闭上了眼睛。我的亲娘就这样永远地离开了我。

爹爹痛苦无比，常年只管外不管内的爹爹根本照顾不了我，他是全家人的顶梁柱，是家里耕种的能手和主要的劳动力，又是农忙季节。娘去世后，两岁的我根本不知道发生了什么事，我整天的找嬷嬷（娘）。大家商议安排我去外婆家住一阵子，是二姑和三姑送我去的外婆家，三姑留下来在外婆家和三姨一块陪我睡一个晚上，第二天一大早就回去了。

早上醒来不见三姑了，只有三姨在我身边，我摸着三姨的脸叫嬷嬷。三姨长得和嬷嬷很像，三姨见我睡醒，抓着我的小手继续摸她的脸，三姨脸上有泪水，湿湿的脸。我说："嬷嬷，你哭了？"

三姨坐起来抱着我说："云大，你仔细看看三姨，是不是和嬷嬷长得一样啊？"

我才想起嬷嬷躺在门板上不搭理我时的情景，三姨虽然很像嬷嬷，但是嬷嬷的头发是短发，三姨是长辫子头发，这才清醒地叫："三姨，你是三姨。"

三姨一把搂紧我，脸挨着我的脸说："云大，三姨会好好疼你，爱护你的，把三姨当嬷嬷好不好？"

我问三姨："嬷嬷为什么不理我？我喊她不答应？"

三姨泪流满面地说："嬷嬷睡着了，没有听见，怎么能答应你呢？"

我说："三姨，你送我回去吧？我想嬷嬷。"

三姨说："你嬷嬷给你生妹妹了，她很累，要多睡睡，你在外婆家多住住，嬷嬷不累了，你爹爹就会来接你的。”

三姨对我特好，我跟三姨相处的就像母子。

外婆非常喜欢我，有时我哭着找嬷嬷，要回家，外婆常偷偷地哭，有时我哭外婆也哭，嘴里哄我，叫三姨带我去找嬷嬷……

三姨长得如此像娘，以至于刚到外婆家时，我不让别人陪睡，只要三姨。住久了便慢慢地忘记回家了，过年时三姑和四姑会来外婆家住上几天陪陪我。

爹爹在雨天和农闲时经常来外婆家看我，我在外婆家住到七岁。

我七岁生日这天，爹爹来外婆家接我回家上学。我一见到爹爹就要骑马，爹爹弯下腰把我抱起来说：“大伢子，你已经七岁了，七岁是个小大人啰，是要念书上学堂的哟，爹爹是来接你回家上学堂哦，还有满叔陪你一起上学堂，要得吗？”

我不懂上学堂好不好，只要是回家就高兴。要赶回家吃中午饭，我和爹爹匆忙地告别外婆一家人就上路了。我回头看见三姨和外婆都在抹眼泪。我大声的喊着：“外婆、三姨，我还会回来住的。”

爹爹牵着我的手走不远，我就走不动了。爹爹蹲下身子来：“大伢子，来，爹爹背你。”我趴在爹爹宽阔的背上，一颠一颠的真舒服，不久就睡着了……

“大伢子、大伢子，快醒醒啊。”是爹爹摇晃着身子叫我，把我摇醒，爹爹蹲下身子把我放下来。

我站稳了，揉了揉眼睛说：“爹爹，我梦见嬷嬷了。”

爹爹问我：“你还记得嬷嬷？”

“嗯，跟三姨像，我都记得嘞。”抬头望着爹爹。

爹爹闷着不说话，眼睛都红了，牵着我的手说：“来，走吧。”我一只手伸向爹爹，另一只手指着山边的花花草草，问爹爹：“这是什么花？”

“是野菊花。”爹爹说：“这种菊花能泡茶喝，喝上这种菊花茶水能下火、清心明目，喝起来清香甘甜。”

我摘一朵闻一闻：“很香。”金黄色的小菊花，清香清香的气味仍记忆犹新，这是在外婆家看不到的花。外婆家那边的野菊花是大朵的花，没有这种小菊花清香，而是一种特有的青草味，辣鼻子，泡茶喝时口感是青辣味的。在外婆家常常见到的是黄花子草，开着小黄花，我和三姨经常去打猪草，黄花子草是喂猪的好饲料，野生的，四处都有，爬地生长，我们扯回去喂猪。

“这是什么草？”细纷纷的叶子，叶子像谷粒大小形状。

“是香芊子草，是一种消炎的草药，路边、山里到处都有。”爹爹很耐心的给我解释着，我不时地弯腰扯草来认。

“这毛绒绒的草是什么呀？”

爹爹说：“这叫狗尾巴草，它结的籽籽，放蒲扇上，你用嘴巴挨着蒲扇叫它：唻、唻、唻来，它们全部听你的，全往你嘴边走过来。”

我很珍惜地抓紧狗尾巴草，要验证它会听我的话吗？我们过了坝港子的石板小桥，上了一段小坡路，就迈上了上茶塘的堤坝。

爹爹指着我家晒谷坪说：“你还记得吗？那是咱们家的晒谷坪，那些人都是自家人。这支塘叫上茶塘，是咱们家的鱼塘。”

我无心听爹爹讲鱼塘，看到晒谷坪上有很多人。我心里想这么热的天气，站在晒谷坪里晒太阳，不怕热啊？

晒谷坪和屋院相连，爹爹说："坪里那些人，是在迎接云大回家，你高兴吗？"我不懂为什么会有这么多人迎接我，但是，我知道这一天是我的七岁生日。

我们还没走到晒谷坪上，大家就都在叫我："云大""云大""回来了""长高了""长大了"……继母也抱着刚满月的二弟站在人群中，爹爹牵着我的小手走到继母跟前说："叫嬷嬷。"

我记忆中的娘与这个娘差别很大，我娘既高大又漂亮，留着齐肩光亮的短发，常常穿着清洁亮丽的蓝色旗袍，面目清秀，牙齿整齐洁白，弯弯的柳叶眉，眼睛炯炯有神，可谓眉清目秀，跟三姨很像；这个娘个子矮小，没有娘漂亮，肌肤也黑许多，看着想着……爹爹又说："叫嬷嬷呀，不记得了？这就是嬷嬷！"我这才随口叫一声："嬷嬷。"

爹爹摸摸我的头，表示很满意。向大家挥挥手："开饭！吃饭！"

继母蹲下身来："云大，嬷嬷会好好疼你的，这是二弟，你看看。"我伸出小手摸摸二弟的小脸蛋，嘴里念着："毛毛（娃娃）。"这时三姑跑到我跟前一把将我抱起，亲我的脸。三姑常去外婆家看我，和我最亲，是我回家后最熟悉的人。

安吉（奶奶）是小脚，一踮一踮地走过来，泪水已经流满面额，颤抖着声音说："我的乖孙子，我的心肝宝贝！安吉好想你啊。"

我有些拘谨地说："安吉贵安。"

安吉和三姑一人牵我一只手，走上进正堂屋的台阶，正堂屋里摆着一张八仙桌，桌上摆着香烛、菜，上三方都摆着三碗饭和筷子。八仙桌后面是神柜，神柜里分上下三层，按辈分摆放着祖先的牌位。爹爹出来牵着我的手："来拜拜老祖祖，老祖祖会保佑你好的……"

我深深地给老祖祖磕了三个头，爹爹将我扶起。

跪拜完老祖宗，爹爹抱着我走进东侧正厢房。太吉坐在木制雕花的大围椅上。爹爹拉着我一齐跪下："叫太吉，给太吉磕头。"

我跪下磕头："太吉，太吉贵安！"这是爹爹在上茶塘堤上教我的。

太吉弯腰抓着我的手："我的乖曾孙孙，快快起来，让太吉好好看看，哦，长大了，小大人了，来，到太吉怀怀里来。"我站起来走到太吉的怀里，太吉抚摸着我的头，给了我一个红包。

"娘，吃饭了。"公吉在正堂屋拜完老祖宗过来叫太吉。一把抱起我："我的大孙子回来了！公吉看看，长高、长大了……吃饭去！"

我接着喊一声："公吉，公吉贵安。"

公吉抱着我走进西侧偏堂屋。偏堂屋摆放着两张八仙桌，大家都靠边站着，在等待我们。

太吉坐到上坐，公吉把我放到上坐和太吉并坐。我坐下后，其他人才按辈分依次坐下。公吉拿起筷子夹一块扣肉放进太吉的碗里。然后对大家说："动筷，吃饭。"然后夹一块扣肉给我："云大今天七岁生日，来多吃点扣肉。"

我说："谢谢您老人家。"也夹一块扣肉给公吉。

人们都说："云大真懂事，外婆教的好嘞。"

之后，我和满叔及冲里的伢子一起上学堂。每天公吉一手牵着我，一手拉着满叔，身背猎枪送我们上学堂。傍晚，公吉准时在先生家等待我们放学，接我们回家。山冲的山边也常有野兽出没，最怕的是狼、野猪、猪獾等，前不久上屋里的小哥和哥哥俩人上学，在山路上，被一只饿狼的狼牙划伤。从此，冲里的几个伢子都一起上学，一起回家，公吉是我们的保镖。

那天，公吉去放牛经过后山山路，牛鼻子噗嗤、噗嗤地，感觉到有野兽气味，公吉也闻到气味来自何方，当作没有发现，把牛赶到山上，拿着猎枪下来找狼，止好看到狼躲在路边柴草里，公吉轻轻地过来。这只狼很聪明，它守候小哥俩几天没下口，瞧瞧是否有大人跟随，确定只有小哥俩每天准时从这里经过，这才准备下口。公吉快步靠近狼，狼的注意力在小哥俩那边，没发现公吉过来。这时小哥俩从岔口拐过来，狼突然冲向小哥，公吉看情况不妙，收起猎枪冲过来用枪托砸中狼背，狼没防备后方有人重击，没有咬到小哥的脖子，狼牙只划伤小哥的手腕和手背。狼噗嗤趴地，起身嗥叫着往山里逃，公吉抬手一枪"啪"！狼被打中应声倒地，狼爪颤抖一阵，死了。原来这只狼是只受伤的弃群狼，狼皮有几个散枪子旧伤口，没伤中要害，所以失群单独行动找食。

公吉常给我们讲狼的故事：在公吉年轻的时候，这片有一个狼群，足有二十多条狼，也常被猎人打死打伤。狼族们特别齐心，狼王一声嗥叫，一齐扑向同一条牛。牛用牛角顶狼，用牛蹄子蹬、踹狼，都无济于事；二十多只狼跃身咬牛脖子、咬牛肚肋，围攻一头牛，直到咬死吃肉。狼牙坚硬锋利，张开血盆大嘴，撕开大块大块的牛皮，然后大口大口地吃牛肉，二十多只狼，没多时吃掉一只牛，只剩下牛肚、牛肠里的草和粪，还有牛骨头架。我们家有头小牛犊就被狼群咬死，吃光肉。这群狼不仅吃牛，还吃鸡鸭、吃家兔等，有时甚至吃人，凶悍无比、残忍无比……

那时，茶塘冲的人经常被狼群攻击，群狼曾经还吃掉过山窝子里"神居"唐阿公家的一个小妹子。小妹子在屋旁井边摘野菊花，阿婆突然听到一声叫喊："娘，狼！"

阿公在地里干活，看到一只大狼咬着妹子的脖子往山那边跑。阿公赶紧跑来追打狼，阿婆听到喊声跑到井边，看到屋周边一群狼还在虎视眈眈的要再吃人，阿公边开枪打散屋周边的狼，边往家跑，只好先护院子里的家人，免其再受狼侵害，吓得一家人不敢追去夺回妹子。阿公取出牛角号吹：噢喔——噢喔——噢喔——噢喔——，四声牛角号是通知冲里其他六户乡邻有野兽侵害。茶塘冲里其他六户猎人听到号声，赶紧赶到山上追逐狼群。可等他们到了山上，狼群已经抢吃光小妹子的肉散去了，大家只拾回小妹子的一些骨头，装进自家打制的小棺材里埋葬。

家人看到山顶上一群恶狼噢喔地吃着小妹子，真的是可望而不可及。心中的悲痛、对狼的痛恨和对小妹子的愧疚多年不能平静。妹子娘几经昏厥，哭得死去活来，小妹子的爹爹抱头痛哭。茶塘冲里的猎人，齐心地在阿公家周边守候了好几天。

小妹子的娘天天到小妹子坟前嚎啕大哭："娘真是没用，救不了你，看着你被狼吃掉嘞……"

小妹子留给娘最后一句话是："娘，狼！""狼"这个字在娘的心中永远也不会磨灭，刻骨铭心，那是一生的伤痛。

不久，狼群再次作恶吃掉我家的小牛犊，冲里的邻居阿公们相聚商议，大家都觉得平日里上山劳作时胆颤心惊，狼太凶悍，家人和家畜、家禽常常受到威胁，大家决定围剿狼群。每家都找来自家的猎人朋友，一齐围山剿狼窝。

公吉说："小妹子被狼吃掉后，我平时一直注意狼出没何处，经常悄悄跟踪，它们的老巢在茶林寨南侧老松树斜对面的石洞里。最好清早上山猎捕，晚上狼眼比人眼精，出来找猎物，白天一般都在洞里睡觉。"

大家都准备好清早上山围剿狼窝，狼晚上出来觅食，天亮回去睡觉，跑了一夜，早上睡得死些。大家身穿皮袄、皮裤、皮靴，以防被狼咬伤胳膊、腿，慢慢地向茶林寨南侧老松树对面围剿。狼群里有一只瞭望狼，蹲在洞穴上面的山上的大石边，白天轮流瞭望着洞穴外的周边动静，猎人从老松树那边和狼穴南侧分两面围剿。快到老松树时，瞭望狼突然仰脖嗥叫：嗥——嗥——，发出紧急信号。这只狼嗥叫得比哭还难听。

群狼跳跃着奔出狼穴，狼群中几只凶猛的狼飞似的扑向左右侧的猎人，猎人们对着洞口飞奔出来的狼扫射，飞奔出来的狼大多向山顶逃窜，扑向猎人的狼被打死打伤三只。猎狗们扑向洞口咬狼和追捕向山上逃跑的狼。一阵追杀捕猎，可狼跑得真快，一溜烟似的逃到山顶嗥叫。猎狗们不敢追上去，折回到猎人身边，跟着猎人冲向狼穴。用猎狗确认狼窝里没狼后，大家才清理狼穴。狼穴很深，杨满阿公个子小，撬开几块石头钻到最里面母狼下崽的宽窝。

唐阿公气愤地说："狼真厉害，繁殖能力比汉子还强，而且连下崽都要筑这么深、这么坚固复杂的产窝。”

公吉举起火把烧了狼穴，一股狼毛烧焦的臭味扑鼻而来。最后大家在洞内洒上雄黄酒及雄黄液。狼的鼻子特灵敏，最不能嗅的是雄黄味道，而雄黄味在洞内能持续数年。

公吉说：“狼群在山顶上嗥叫，哭嗥这次被打死的公狼。”狼的哭嗥可称得上撕心裂肺。那几天几夜人们都不敢随意外出，狼的报复心极强。

公吉说：“狼群哭嗥了几天几夜后迁徙到别处，事后狼族不敢再来茶林寨上扎营劫寨，只好移居他乡，现在很少见到狼，更没有狼吃鸡、吃鸭、咬人的传闻了。狼虽然记仇，但也铭记失败和教训。最多是狼迁徙路过时，夜里嗥叫几声就走了，路过这里直奔他乡。”

……

茶塘冲里现在有六个伢子上学，每天早上在上茶塘集合，由公吉接送我们上学堂。直到我十岁后，才是我们自己一齐去上学。

我每天放学回家后的第一件事情，就是去娘的屋里看看“毛毛（娃娃）”二弟，摸摸他的小脸蛋，绵绵的、嫩嫩的、润滑的皮肤。后来牙牙学语时更是可爱，叫我多多（哥哥）。我们的感情是打小建立起来的“少小交”，我是二弟眼中的好大哥。

二弟他们走开后，娘接着说：“你给正妹子（大妹妹）买个嵌花发卡子回来，娘也想明年让她上学堂念书，识几个字。娘没念书，不想让她和娘一样，成了大字不认、小字不识的文盲。”

“嗯，娘还想买啥？”我边搓草绳边问。

娘继续说："正妹子念书的事，你先不要跟你爹说，我还没跟他商量。再买四股锦丝线，一股里头有七小股不同颜色的丝线，要七种颜色的噢。娘和满婶、三姑、四姑每人一股。"

娘说完抿着嘴微笑着，那意思是给四姑绣嫁妆？不对，四姑的嫁妆早绣好了吧。后来才知道是要为我准备新房绣品。

我说："嗯，记住了。"

安吉微笑着走到我跟前说："再买八支最大的红蜡烛，一副银的蚊帐钩子回来噻。"从腰包里拿出钱袋子，给我腰间系好。"藏好，不要丢了。"

我忙说："谢谢（谢字土音念"甲"音）您老人家。"

……

晚饭后，满叔搬来长板凳，取下另一只木钉爬架到长板凳头上，和我一起打草鞋。我在饭前已经搓好四双草鞋绳，草绳中间都掺有布条，很结实。我们从绳正中扯回绳子，大致预留自己脚板长度，形成两个草绳圈，缠好后跟，把前面的两个圈交错挂到木钉爬齿上，形成四根鞋底经络草绳。把草鞋后跟长出的帮沿绳往腰上系好，开始打草鞋。搓一段草在四根经络绳上分上下压穿过去，再搓一段草反压穿过来，这样来回穿、搓、扣紧鞋底，用木钉爬齿调整鞋底宽窄。在两边经绳上，留下前后两处鞋帮鋬穿鞋帮绳。两人打四双草鞋，穿好帮绳试穿合适，一人两双。

在出远门之前都要洗漱一翻，我先准备洗头水：将打草鞋过滤下的草毛子和剩下的稻草用来烧洗头水，烧草的草灰用火夹子夹进木水桶里，然后用开水冲浇桶里的草灰制成草灰水；再取几块皂角， 放在木脸盆里，用开水泡开皂角，皂角经过浸泡后渗出许多粘粘的润滑液，再将木桶里草灰水表面的清水撇到木脸盆里，和皂角润滑液搅匀，做成祖传的自制“洗发水”。用这样的“洗发水”洗头，去污力强，又使头发润滑、乌黑、发亮，不伤头皮。

把洗发水分开倒入两个脸盆，我说：“满叔，洗头水好了，来洗头。”

满叔在调整车扁担绳索，过来边洗头边说：“这副扁担绳索粗些，用的时间长了，长出来一节，缩短些好握车把。”

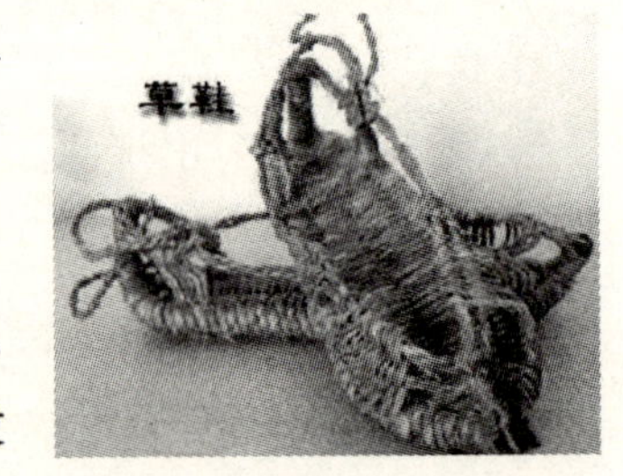

我笑笑说：“明天要走长路，一定要合适些。”我们开始洗头。

洗澡水一般都是用瓮坛里的水，我家的灶安的是三口铁锅，分大、中、小依次排放。最大的铁锅靠墙，一般煮猪菜；中大的铁锅一般煮饭；小铁锅炒菜；炖煮菜一般是用围炉锅，围炉锅有两种，一种砂炉锅，一种铁炉锅。灶锅的锅与锅之间的间隔处安放两个瓮坛，三口锅的灶能安放四个瓮坛，用来热水。在烧火做饭、煮猪菜的同时瓮坛里的水也都热了，有时烧火时间长还能烧到开滚。瓮坛里的水一直都要添加得满满的。要是瓮坛里空了，灶里烧火时瓮坛会烤至炸坏而盛不了水。瓮坛漏水时不好更换，需要拆灶重新垒灶，很麻烦。每天四瓮坛水，边舀边添，刚好够一家人的洗漱水。

我和满叔都洗漱好后，一齐去给太吉请安。

立秋西风秋多雨　秋分晴明不宜禾

立冬北风冬雪冻　冬至西风来年丰

（天象气候农诀）

第三章

正月： 岁朝蒙黑四边天　大雪纷纷是旱年

但得立春晴一日　农夫不用力耕田

（天象气候农诀）

天还没亮，娘来叫我吃饭，我赶紧起床。

一进灶屋，满叔已经在洗脸，我拿起瓒（土话念“袖”字音）子舀上水，右手食指沾上水往灰筒里粘上“麻灰”，就往嘴里牙上擦——漱口。“麻灰”是用谷壳焖烧的灰，既卫生又去污强，不伤牙龈。然后洗脸、吃饭（早饭与午、晚饭一样都是正餐吃米饭）。

我和满叔俩人一齐来到窑前，爹和娘都在那里。

爹爹装好两车木炭，装得满满的。两车的“车箩筐”用粗绳子紧紧的拴扣在“土车子”（独轮车）上。爹爹拿起车扁担，担起来试了试："嗯，好，不重。"

满叔也担起那架车试了试："好，要得。"

娘和满婶各拿一条洗脸巾系到车把上，把饭篮子挂进车把里，娘还给我们背上水壶。娘说："走累了就歇一歇。"

满叔说："嫂嫂放心，我会照顾好云大的。"又对满婶说："你有喜，还要招呼崽伢子，不要太累了。"

"我没事嘞。"满婶有点不好意思："走好啰，早去早回来。"

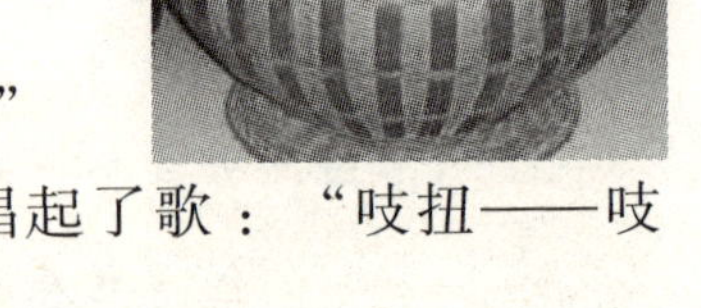

爹爹说："都好了，天快亮。起程！"

我和满叔一齐担起车扁担，同声说："回见！"

爹、娘、婶一齐说："走好啰！"

我们推着土车子上路，车轴唱起了歌："吱扭——吱扭……"

我们俩静静地小心翼翼地推着车走，只有车轴的歌声一遍又一遍地唱出我们的辛劳。

我们头顶星星出了"坳嘴弯"，看见东方启明星已渐渐升起，东方开始发白。这段山路是最不好走的石头路，一不小心车就会侧翻。走这段路太专神，我的额头上已出汗，紧握车把的双手颠簸得发麻，心脏跟着车轮的晃动而加速跳动。

满叔说："出了'神冲坳'就要好走些嘞，这条路实在不好走。"离神冲坳还有二里多路，上神冲坳需要爬一个小坡，只有下了神冲坳坡

后，才叫出了冲。

我说：“嗯，是嘞。”

我们开始走田塍路，坳嘴弯至神冲坳的田塍路上石头很少，只是路很窄，路旁上下是稻田，也很要专心呢。稻田里面放满了水，用水泡“禾蔸根”和“田泥巴”，“红花草”（专门种下做肥料的空心草，质嫩、易腐）和杂草，泡水后不再生长，叫“泊水田”。泡上半月就要犁田，翻过泥来过冬，冻死虫菌，

泊水田

沤一沤“禾蔸根”和“红花草”及其它杂草，来年春耕时“禾蔸根”和“红花草”、杂草也都沤熟变成自然肥，“田泥巴”肥沃而松酥。

到神冲坳了，我先帮满叔的土车子拖上坳，然后满叔帮我拖车，上坳后就是下坡，是个长坡。这条道是在两山峡谷中间，两边山高树木林立，走夜路时常听到野兽哼鸣怪叫，一个人路过时，真是提心吊胆。天还不是很亮，有参天树木的遮掩，道上还是阴森森、黑乎乎的。早起的鸟儿叽叽喳喳的叫着，噗嗤、噗嗤地飞到别处；黄鼠狼蹿来蹿去，根本不怕人。我们推着车，大声说着话给自己壮胆，故意吓唬野兽。出了神冲坳长坡，沿着山边夹道又走了二里多路，东方才泛起青云，青云再慢慢地变成红云。

早上看天色，今天不会有雨，风也不会太大，是个好天气。

一条三尺多宽的平坦的路直通到段中，段中是平川稻田，一条宽阔的田塍大路，能过一辆土车，还能迎面让人通过，没有石头埂着，一直是平坦路到达南竹山，之后就是宽阔的砂石

马路，不时有马车超过我们，很好走。对我们山里人来说走这样的道路是福气。

叔侄俩推着土车子大概走了四十多里地，停下来歇一会，我们坐在车把上喝水。

满叔说：“你满婶给我一个任务，到了城里，要找到你婶的弟弟华金。我听说华金常和你三姑父在一起，也不敢告诉你婶，怕是不好找哟。”

我说：“是啊，三姑父几年不回家，肯定很忙，华金舅舅可能去给他帮忙了，多一个家人在身边也好。”

满叔说：“要是参加湘潭的农村土地改革运动就不好说了，可能不在一起，只要知道下落就行，回去好向你婶交待。”

满婶娘家父母早逝，只有姐弟俩，华金在一家布店里当学徒。受三姑父影响，比较活跃，半年前布店老板说华金舅舅出去闯荡去了。

我们继续赶路，担起车扁担，感觉歇一会力气又来了，此时觉得车担子轻多了。

快到城里了，满叔说：“歇会吧，吃了饭再进城。”我们拍打身上的尘土，喝口水漱漱口，再喝上一口水润润喉，两人都取下饭篮子盖，端出一大碗饭，饭里有“芋荷子菜”（芋头荷杆腌制）和腊肉。我真的很饿，虽然是凉饭，但吃起来很香，不一会就吃完了。

饭后稍歇片刻，满叔说：“进城！”饭后的叔侄俩没有了疲倦，很快就到城门口。穿制服的守卫检查木炭，搜身一番，手一挥：“进”。去年我们进城时还没有守卫，只有长衫马夹的财主站在门楼上眺望。时代变迁，今年有守卫，还搜身，我的心情真不愉快。

我们进城后,满叔先让我这车木炭送进杨家饭庄,卸了木炭,收了账。这下轻松了。

满叔推着他的这车木炭继续往城里面岔口走，城不大，就一条丁字形的街。刚走到布店的门口，李老板看到我们就马上出来迎接：“满爷、云大，辛苦，辛苦。里边坐，里边坐。”

满叔回答：“不劳，不劳。”接着问李老板：“这一车木炭你要多少？”

李老板说：“都留下吧，今年立冬刮北风，一冬都会有雪冻哦，要冷啰。”

满叔和我俩人抬起车箩就往柴房走。出来后收了账。李老板把我们请进里屋坐下，喝茶。

满叔问李老板：“之前麻烦您老人家帮忙找我小舅华金，有消息了？”

李老板很诚恳地说：“还是没有消息，有个朋友半年前在湘潭那边见过他一面，说他可能参加革命了。”

满叔说：“湘潭那边？那我去找找他，这儿去也不远，一百三十里路,我现在就走,明天晌午就到了。”转过身来对我说:“云大呀，趁天还早，赶快上路，我去湘潭找找华金。你回去告诉你太吉、公吉、安吉、爹爹、满婶，我有三五天就回去了，最迟七天准回去。”

我边答应着边起身：“满叔你等我一下，我去买锅、丝线，马上回去。”

我很快买回来东西，满叔帮我把铁锅放好，用草垫子固定好锅，绑好箩筐。说：“早点走，夜路进冲（神冲坳）就吹口哨，白达子会来接你的。”

满叔推上锅，我推上他的空车子，我们一块往回走，满叔寻人心切，一路很少言语，脚步快似行云，去湘潭是要经过南竹山的。

我们快到南竹山停住脚步，都喝了些水，作分手准备，满叔把卖木炭的钱给我装好，说：“我和你满婶平时节省的钱够花了，不用多带钱。你回去把钱交给你爹爹。”

我们把土车子换过来。满叔又说：“我去你外婆家吃晚饭，把土车子放到你外婆家，你改天到外婆家里来推回去。”

我答应着：“嗯，满叔你要小心呀，现在到处都很乱，找不到华金舅舅就快点回来。”

满叔答应着：“嗯，我晓得嘞，要家里都放心，不要担心我，最多七天就回来了。”

他走正南大路，我走西南的小路。到了南竹山，天已经黑了，是晴天，有星星和弯月亮，平时习惯走夜路。我只有十五里多的路程，满叔还得走七十多里呢。

我一个人推着锅走着，心想：要是找到华金舅舅，还找到三姑父，那就好了。三姑住在娘家，外边人都说是男人在外面打仗战死了，我相信三姑父是在忙革命，暂时不能回来……

不知不觉到神冲坳长坡脚下，离家只有五六里地了，突然白达子迎面跑来，边“噢喔”边摇尾的。抬眼一看：是爹爹带着白达子来接我，手里提着茶壶、钢钎，背着布袋和猎枪，迈着大步朝我走来。

“爹爹！”我喊着：“满叔去找华金舅舅了！”

爹爹说：“我晓得了，怕你一个人不敢走山路，爹爹来接你。”然后放下茶壶，倒水给我喝。继续说：“你娘怕你饿，给你带来粑粑，还有腊肉，吃吧，吃了再回家。”

我真的饿了，抓上就吃，吃了两个粑粑才问爹爹吃饭没有。

爹爹推上土车子,我在前面逗着白达子走,一点也不觉得累。

白达子时不时的对着山里“汪汪”两声，两边的山里也不时的发出“噗嗤”声和獐子“噢”的嗥叫声，獐子跑得很快。第一声远在南山顶上；第二声却近在我眼前，竖起两只大耳，绿绿的眼睛，夜里看见是黑乎乎的毛，就从我前边跃过；第三声就到了北山那边，远远的。夜晚野兽的眼睛大都是绿色的，很吓人。

爹爹说：“平常獐子不是这种叫声，这只獐子可能是被人打死公獐子了，这样叫了好几天，在寻找公獐，呼唤公獐。”停停又说：“我小时侯，常有獐子出现，一群一群的游山，它们相处非常和睦，对人类和家畜都没有危害。但是，人们为了采集麝香和獐牙，非常残忍地捕杀公獐子，现在被人们猎捕得都快绝种了。”

我问爹爹：“獐子牙能做什么？”

爹爹说：“公獐子的长牙非常柔润光滑，像玉一般清彻透明，质地坚硬，是非常难得的装饰品，佩戴上这样的装饰品显贵。”

我懂得:“人的贪婪心、虚荣心、奢侈心极强，极为丰富多彩。为一已私利要伤害多少无辜生命。”

爹爹叹口气说：“原本獐子是北方物种，流落到这里生活了多年，现在贪心的人也越来越多，很多人都学会自制鸟枪，到处捕杀野物吃，到处偷伐别人林木为已有，真是乱世啊！唉，公德何在？”

我说：“要是三姑父和华金舅舅他们，跟着韶峰那边毛家人能闯出一个安宁的世界就好了。”

爹爹说：“哦，是啊，我听说你三姑父是在湘乡姓彭的部下做事。姓毛的和姓彭的都是打日本鬼子出身，是一个部队的。”

我听到这里便说：“爹爹，满叔找到三姑父后，我也想去看看三姑父呢，咱家弟兄多，我去当兵打仗行吗？”

爹爹沉默许久，声音硬塞的说：“你是我的长子，你亲娘就只有你一个伢子，我舍不得你出去闯，这事以后不要再说。”

听爹爹说完，我心里很后悔，我怎么能伤爹爹的心呢，我知道爹爹遇到难事都要到我亲娘坟上诉说诉说，他老人家至今都没有忘记娘啊。娘去世后，外婆想让三姨嫁给爹爹，因为三姨长得像娘，爹爹不想别人取代娘在他心中的位置，爹爹拒绝了外婆和三姨的好意。

和爹爹边聊边走，很快到茶塘冲。我们刚到晒谷坪，就看见三姑在坪里哭鼻子。我慢慢地走近三姑，说：“满叔去找三姑父和华金舅舅了，满叔说三到五天会回来，最迟七天，放心吧。天凉，三姑进家吧。”

我们一齐进屋，我把娘、安吉吩咐我买的丝线、发卡、蜡烛和蚊帐钩交给他们。爹爹把大铁锅放到灶屋里。

娘出来问我：“云大，吃饭吧。”

我说：“娘给爹带的粑粑，我都吃了，很饱嘞，不吃了。”

三姑已经帮我打好洗澡水。说：“云大，先洗个澡，一身全是灰尘。”

“哦，来了……”

三姑的婆家离得很近，自从三姑父参加革命后没回过家，时间太长，三姑经家爹家娘许可搬回娘家来住，三姑很能干，还能帮家里做很多活。三姑、四姑都是大脚。四姑快二十还没嫁出去，是远近有名的嫁不出去的大脚姑娘……

昨天，我送木炭不在家。爹爹一个人把木炭窑装好木材并点火，我上窑门看了看，爹爹的烧窑技术真不错。“上屋里”每年烧窑都请爹爹帮忙看火候。

爹爹喊我说：“大伢子，你公吉昨天回来看见茶籽干了，说今天去榨油，你去装车吧。”

公吉不久前和朋友出门去做牛生意，扛着给朋友订做的犁弯头，还去给打制了一副犁铧犁箭头，一并送过去。做牛生意也能拿取中间费，虽然不是专职，乡邻亲友都爱请他老人家识别牛的好坏。帮他们买牛、卖牛时，也会给公吉酬劳。公吉对牛颇有研究：什么样的牛会犁田，什么样的牛寿命长，什么样的牛骨骼壮等等。公吉常说：“能赚一块大洋就赚一块大洋，总比坐在家里吃闲饭强。”这次出门又赚回三块大洋。

我答应着：“哦，马上去。”我把一摞箩筐搬到碾子屋，然后一副一副的摆好箩筐；用撮箕将“扮桶”（扮禾脱粒时盛谷子的桶，大概有两米长、一米五宽）里晒干的茶籽装进每个箩筐里，茶籽很重，装半箩筐就有七八十斤，装好后，担出去倒到院坪里的“土车箩筐”里。爹爹把两架土车子摆放好，我一会儿把两辆车箩筐都装好茶籽。

爹爹说：“大伢子，你再装一担，你自己担的。这一车你公吉来推，满叔的车子不在家，

你担吧。到路上轮着担，上坳时能拖一下土车子。”满叔不在，公吉就得出马，真是难为他老人家哦。

我答应：“嗯。”很快装好担出来：“公吉，我来推吧！”

公吉说：“太重，你还要长个子，你担吧！”

我不敢和公吉抢，只好答应担茶籽：“哦。”

我担着茶籽走在前面，公吉和爹爹的土车子在后面，车轴吱扭、吱扭地唱着歌离开了家……

一路上我们相互照顾着，从坳嘴弯爬上石塘坳，是一段近一里地的石头路山坡，不算陡峭，但也很陡，公吉和爹爹都是大力气汉子，对冲里的那段石子路习以为常，这个石头山坡也不在话下，功夫不大就推上石塘坳。

石塘坳上面是一段平坦些的小石子上坡路，很好走，还有贴地皮的小杂草丛生，穿着草鞋走上去感觉软软的，皮踏踏的，挨着山边走一里多，往前就是茶籽坳的长坡和陡峭的坳坡。

茶籽坳的坳坡是：上去难，下去也难，尤其下陡峭坡更难。这个坡很长，到了中腰，往上走就是很陡峭的坳坡，土车子不进反退。

我们上到坳坡跟前停下来，我把公吉的土车子前头的绳子解开，往肩上一搭，双手分前后拽紧，身子向前倾，弓步地拖着公吉的土车子，一步一步往上爬。先把公吉的土车子拖上坡，让公吉歇着。我再下去拖爹爹的土车子，拖上去后，满头大汗。

公吉说：“你们爷俩歇一会，擦擦汗，落落汗。”

我说："我先下去担茶籽，你们歇着。"

公吉和爹爹在坡坳上歇一会，做下坡的准备，因为下坡更难了，掌握不住土车子啊，人都会被土车子拖着走，那样越来越快，甚至连人带车滚下坡，那可就是人伤车翻，稍不留心还有生命危险。

我再次下坡去担我的那担茶籽，上坳后："哎哟，又流汗又腿软的。"公吉和爹爹一齐说："你擦擦汗，歇歇脚，我们先下坳。"

我说："公吉、爹爹，您们小心些，慢慢地下。"

爹爹和公吉握紧车把，人往后仰着拽住车把子，控制前进的速度，慢慢地、慢慢地，半步半步地走，好不容易才下了这个陡峭的高坡。人们常说："上坡容易，下坡难啊"，这话一点不假。下了"茶籽坳"，基本上都是平坦些的下坡路。很快到了覃家冲"榨油房"。

"榨油房"是一家很大的院落人家的偏房。一进院，院主出来打招呼："李阿公，今年早啊。"

公吉放下土车子答应着："哦，张阿公，您老人家身健啊！"拿汗巾擦一把脸，接着说："今年太阳好，晒干了，早来早完无牵挂呢，再迟，人多了还得排着等呢。"

房主说："是，是。今年有几担呢？"

公吉说："七担茶籽，一担半桐籽。"其实公吉少说一担，因为公吉和爹爹力气大，三车子就要多出一担来。一般人家都是这样少说些，张老板也是心里默许的这点差头。我和爹爹还要回去推两车子过来。

房主说："好收成，好收成。"

爹爹微笑着对房主说："张阿公，买您老人家两担（四捆）柴。"爹爹付了钱，到柴房拎两担柴过来，对公吉说："爹爹您老人家在这里炒茶籽，我和大伢子回去把剩下的茶籽和桐籽推过来。给您老人家带的饭，您热一热再吃。"

公吉说："好的嘞，你们慢点啰。"把水壶递给爹爹："喝口水。大孙子，你过来喝口水再走。"

"哦，来了。"我正卸完茶籽，过来喝水呢。

爹爹递给我水壶说："喝上些水就走，赶回去吃饭。"

我们拖着空车子走，很快就上了"茶籽坳"。我们到了顶上，换成推着车子下坡，拽住车把，不一会就到家了。

娘见我们回来，往茶碗里倒上茶水，就去盛饭。爹爹进屋抽烟，我先把油罐、油桶放进车箩筐里；再把茶籽、桐籽装进车箩筐里、罐里、桶里，固定住罐和桶；又拿两担劈柴、两件棉衣（晚上打盹盖）放进筐里。作好下午走的准备。

我喝了茶水，端起饭碗就吃，娘给我们加一个韭菜炒鸡蛋，家里人已经吃完饭干活去了，拣棉花、砍柴等。满婶陪在太吉房里，满叔昨晚没回来，太吉心里不高兴。

我三拨两口地吃完饭就去看太吉，告诉她老人家："太吉，别焦急，满叔会把三姑父和华金舅舅带回来的，只要三、五天就回来了。"

太吉说："哦，是去找他们回来啊？"

我安慰太吉说："是的，您老人家放心吧。"太吉才高兴起来。

爹爹吃完饭，抽完烟，去窑上添火，稍作歇息就说："大伢子，起程吧。"

"哦，起程。"我拿上车扁担，跟爹爹一起推着车子出发。

我们走到茶籽坳时，准备相互拖土车子。刚好有两个熟人经过，是神冲弯的，问爹爹说：“全爷，你这是去榨油啊？”

爹爹打招呼：“亮爷、杨满爷，对，去榨油。你们这是从哪里回来的？”

亮阿公说：“去潭家冲桥弯里，我们帮你们拖上坳吧。”

爹爹说：“好啊，谢谢，劳驾你们啦。”

俩人帮助拖上茶籽坳，我们再三道谢。当地人都有这般风格，谁在路上遇到推重物上坡时，都会伸出援助之手，不相识的人也都如此。

太阳快要下山时，我们回到了榨油房。天边火红的晚霞真漂亮，没有大山挡着，太阳裸露在晚霞边沿，慢慢地坠入红色霞池，泛起赤金色的万丈光芒，啊！无比美丽。茶塘冲人，只有在傍晚时分爬上茶林寨山顶才能看到如此美景。

公吉正在炒茶籽：“回来了，挺快嘛。我才炒第三锅。”

“爹爹，我来炒，你老人家歇一会。”爹爹继续说：“我带来米和菜，我们自己做饭。”说完就替换公吉炒茶籽。

我把茶籽和桐籽分开装进两个大木桶里，把土车子捆绑好，靠墙竖起来立扣着墙。然后进屋帮着烧火炒茶籽。火不能太大，温火炒，一会儿我替换爹爹翻炒茶籽。

公吉歇了一会，打水洗干净旁边的小灶的锅，仅一口锅的灶台，灶台呈四方形。把米袋解开，用碗舀出两碗米放进洗米盆里，洗两次，倒进锅里放上适量的水煮晚饭。娘给我们带了一菜碗炒熟好的“芋荷子菜”和一菜碗“干菜子”（白菜晒干腌制）炒腊肉。我们只要煮好米饭，热一热菜就能吃饭。

整一晚上，我们爷仨个轮番休息和炒茶籽。虽然是晒干了的茶籽，为了减少水分，还是要炒成低水分茶籽，这样的清油，炒菜时泡沫少。我家的茶油基本不起泡沫，放进油灯里，灯芯不炸、不溅油。

第二天晌午我们才炒完，先凉好的茶籽正在碾、压、榨，油桶里已有榨出来的半桶清亮的清油。

我把榨出来的“茶枯”（茶籽渣子）盘上草，再次压油，粘得更紧些。“茶枯”是冬季饲养牛的好饲料，还有“棕树籽籽”也是牛爱吃的好饲料，“茶枯、棕籽”饲养牛，营养丰富，牛长得壮。把“茶枯”和“棕籽”掺在铡成寸长的稻草里喂牛，这样饲养一冬天，在来年耕田时，牛又壮又有力气。

炒完茶籽，该炒桐籽，公吉说：“我来炒桐籽。”

我撮上桐籽放进锅里。公吉一边操作示范给我们看，一边说：“你爷俩过来，看看是这种火哟，千万记得，要比炒茶籽的火更小，翻动要快，是这样翻。”

公吉继续说：“转圈搂底翻，要不底下的桐籽就糊了，有一点糊都会影响桐油的质量。漆出来的桶会漏水或刷不开或结干疙瘩的。”

我和爹爹目不转睛的看着公吉炒了一锅。爹爹说：“爹，下一锅我来炒，你站这里传授我。”其实爹爹早就会，只是公吉不放心而已。

榨完清油，我和爹爹卷几个草把子把榨油工具、榨油机等全部擦得干干净净，准备榨桐籽油。公吉来检查检查，又卷一个草把子擦一遍，才开始榨桐籽油……

完工后，已经是深夜，公吉说：“半夜了，不要惊动张阿公了。爷仨个都累了，就在油房拿草铺开睡一会，等天亮结了账再一起走，”

爹爹给公吉在灶跟前铺开草床，铺得厚厚的：“爹，你睡这里。”我拿件棉衣给公吉盖上。我和爹爹睡在公吉旁边。

天明了，三姑、四姑一人拿着一副绳索扁担来担茶枯。

公吉醒了：“呀！这么大亮了。噢，三妹子、四妹子，你们也来了？天不亮就出门，不怕啊？”

三姑、四姑齐说：“爹爹。地上凉，睡觉睡不好吧？”三姑接着说“我们不怕，两个人悄悄地走山路，近些，白达子和达耳子送我们过了茶籽坳，天蒙蒙亮就叫它们回去了。”

站在小路的茶籽坳坳顶上能看到我们家，看到家，心里没那么害怕，只是路窄柴草纵横，有白达子和达耳子送行，野兽也不敢轻易近身，要比大路近三四里地。

公吉说：“哦，没事就好，结账回家。”

爹爹提半桶清油送去给张阿公，这是结账。公吉抱二盘茶枯和剩下的半袋米给张阿公送去，这是表示谢意。

结账回来后，爹爹担着清油，我和公吉推着茶枯和桐油；三姑和四姑将绳索在地上放个十字，把茶枯放在十字上，绳索往上一提，扯匀绳索，再加一盘枯。一人担四盘枯，大概有六七十斤重。

我们一行五人浩浩荡荡，顺顺利利地回到家。

三姑和四姑的肩膀都担红了，她们平时挑担子路短，今天挑担十六里多路，真是太难为她们了。路上男人们都伸出大拇指称赞她们能干，她们是远近闻名的能干的大脚漂亮姑娘。在孙中山先生的革命运动下，我们这一带已经不硬性要求女子裹脚，女子大脚已不为丑。

回家后公吉说："乖孙子和你爹爹好好补一觉吧。"

我嘴里答应着："嗯，好啰。"心里盘算着：得把茶籽油撇开来分开存放，上层的茶油装进油罐里，中层的茶油倒入油桶里，一起存放到山窖里面；下层的茶油放到灶屋里沉淀后撇出茶籽细渣子来，清亮的油先吃用；带细渣子的茶油做成"雄黄油"，"雄黄油"是一斤渣子油里加三钱碾成粉末的"雄黄土"调制而成。到夏季蚊虫、山蜂、马蜂等叮咬了抹上，消毒、消炎、消肿，效果非常好。

爹爹把桐油提到农具房，是准备油漆家里的所有木器的，南方潮湿木器容易腐烂，每年都要油一遍。否则木桶器具会漏水，木制品会沤烂和不结实。

我把粗的茶枯放到山窖洞道里，没盘草的细茶枯放灶屋里准备制成"茶枯皂"洗衣服用。把细茶枯捣碎成粒状，投进泡好的皂角液里拌匀，浸泡一两天，让茶枯充分的吸收皂角液，阴凉至快干时用手捏成手掌大的圆形或方形块，阴干后用来洗衣服，洗衣领、袖口时擦上一搓，去污渍极强，比现在的肥皂去污强，又环保。

安置好了，我得去补觉……

立春阴雨春洪灾　南风畜安北风淹

东风谷贱西风旱　东有积云岁丰年

（天象气候农诀）

第四章

正月农谚： 初一落雨初二散 初三落雨至月半

雨浇上元十五灯 日晒清明好种耕

（天象气候农诀）

一觉睡到酉时，起来去木炭窑上看看。嗯，烧得差不多了，我松松底火，窑顶上再留一条缝，又烧一个时辰，封了顶。

从窑上回来，大家都吃完晚饭，各自回房里休息去了。爹爹和我边吃饭边商量着。爹爹叹声气说："唉，大伢子啊，你满叔明天要是不回来啊，后天我们爷俩开始犁‘泊水田’吧，不等他了，天凉了就冻脚啦。"

我说："满叔说走三五天，我看七天能回来就不错了，李老板说外面很乱呢，在搞农村土地改革，恐怕难找啊。别等满叔，开犁吧。俩人得犁四、五天嘞。"

"是得犁四、五天，后天你满叔不回来也开犁。"爹爹吃完饭，起身拿来水烟筒，"呼噜噜"地抽着烟说："明天你检查一下犁箭头、犁铧子、犁轭子，看看犁轭绳子还结实不，再去看看田里水的深浅，放好水。"

我说："哦，那明天叫三姑、四姑一起杀（割）'红花子草'吧？满婶有喜就不要去了。"

爹爹说："你这个伢子，蛮精呢。"

娘过来收拾碗筷说："云大，你再去太吉房里看看太吉，今天喊你好几趟，要问你满叔几时回来。"

我说："哦。太吉问过我，她是不放心吧，怕满叔和三姑父一样，总是不回家。"我接过爹递过来的水烟筒抽一口："这就过去，娘，公吉吃过饭没有？他老人家一定累着了，两夜没睡觉。"

娘说："吃了，吃了饭就又补觉去了，有安吉在那里招呼着，放心吧。"

"哦，我去太吉房里。"我说着便到了太吉的房里。

太吉见我进来说："我的曾孙孙哎，快坐下啰，累了嘞。"

我说："不累，不累，太吉贵安。"挨着太吉坐下。

太吉问："你满叔几时回来？要走几天哪？"

我慢慢地说："太吉您老人家记下来晒，满叔说去湘潭，他要走三天，或者五天，最迟是走七天。满叔身上带的钱不多，肯定很快就回来的嘞，您老人家放心啰。"

太吉明年八十岁，是当地的老寿星，心情愉快时，脑筋特灵活，心情不好时就有点颠三倒四的。他最挂念的人、最心疼的人就是满叔，自从二叔在塘里淹死后，他就生怕再失去孙儿。

也许,太吉是觉得自己身体不是太好,也害怕再见不着满叔。太吉倒着指头数：“一天、两天，哦，去湘潭，明天是三天，我等，我等他，我等他。”太吉说着说着，眼睛困得眯起来了。我扶起太吉送到床边，满婶和四姑给太吉脱鞋，扶上床。

我从太吉房里出来，到灶屋里舀水洗漱……

我躺在床上想：满叔可不要也和三姑父那样不回来啊，满婶还身怀六甲呢，太吉又这样的想念满叔，不放心满叔，唉！家里还有这么多的活等着他回来做啊，他不回来，公吉年纪不小了，也要多受累啊……

天刚蒙蒙亮我爬起来，背上锄头去上茶塘下面至坳嘴弯检查泊水田，把水放得差不多才回家吃早饭。

饭后，我先去检查所有的牛轭子及犁铧子等犁具，嗯，都能用。秋后犁田，一定要把搁置几个月的犁弯头放进坝港子里浸泡，把牛轭架子洗净晒干，抹些茶油润滑润滑，以免牛背犁时把丰台磨伤。再砍几条竹枝捋掉叶子做鞭子，并用竹篾编织两个牛嘴笼，套住牛嘴巴，免得牛吃红花子草而不专心背犁。

之后我到三姑房里,悄悄地对三姑说:“三姑啊,明天犁‘泊水田’。今天去下茶塘‘杀红花草’，你和四姑悄悄地走，不要让满婶知道，让她歇着吧，我们三人一天能完工。”

三姑说：“好呢。”接着喊：“四妹子呀，过来。”

我扛着锄头,拿把砍柴的薄弯刀出工去。到了上茶塘堤坝上，回头看见三姑和四姑手拿柴刀，从屋后面也溜出来了……

太阳刚下山，我们就把红花草全部杀完了。我说：“收工回家。”

我们三人走上上茶塘堤坝，老远看见太吉一个人站在晒谷坪上，向茶籽坳上面张望。三姑脸上的笑容立即收敛起来，也举着头向那边张望起来。

我们快到晒谷坪。娘和满婶也出来和太吉一起朝着茶籽坳上看。娘给太吉披上一件衣服，搀扶着太吉坐到满婶搬来的长板凳上，一起等满叔。

三姑和我们一起回家，躲进房里偷着哭泣去了。

傍晚时分，太吉还是精神十足地等满叔，盼满叔。

天黑的看不见山上了，太吉才在娘和满婶的劝说下回家，大家这才开始吃晚饭。三姑的眼睛都哭红了，出来洗把脸说：“湘潭城那么大，恐怕要找好几天呢。”说完又像个没事儿人一样，真是坚强。

吃晚饭时，我才发现爹爹今天一天都不在家。家里平日里吃饭分两桌，西堂屋一桌，一般是干活的人和男人们在堂屋里八仙桌上吃饭，做家务的妇女和小孩们都在灶屋里圆桌上吃饭。

我问娘：“爹爹呢？”

娘说：“你爹爹去你外婆家了，早上走的时候说‘吃了早饭回来’，这都吃晚饭了还没回，我也说不清，不晓得他怎么了。”正说着，听到土车子的响声，爹爹拖着满叔放在外婆家的土车子回来了。

我放下饭碗去给爹爹收拾车子：“爹爹，你去外婆家了？外婆好吗？”

爹爹把车扁担交给我，说：“你外婆病了，我去紫苏塘请你二舅（继母的兄长）去给她老人家号脉，二舅说是受风寒引起的，开了三副药，我去捡药（方言）、熬药，守着她老人家吃了两次药。又去你三姨家，叫你三姨回去照顾你外婆，我才回来的。”

我声音沉重的说：“爹爹辛苦了。爹爹，我现在先去看看外婆，明早晨回来犁田？我跑着走，回来赶上您一起上工犁田。”

爹爹拍着我的肩膀说：“好的嘞，你带上些家里的紫苏壳、寒食萝卜、韭菜籽，这比药铺里的药好。回来时千万别跑，腿肚子出了汗是不能下水犁田的，将来会抽筋的，现在早上田里的水太凉，等太阳出来晒晒再下田。你慢些走哦。”

三姑、四姑放下筷子去准备紫苏壳、寒食萝卜、韭菜籽。我去换了身干净衣服，拿上她们包好的药包，装进布袋里，飞跑着出了茶塘冲……

到了外婆家，一进屋就直奔外婆屋里：“外婆、外婆。三姨，辛苦你了。”

外婆用低沉的声音答应着：“孙孙来了，你爹回去了？”

我说：“是啊，外婆你好些了吧？”外婆靠着床头躺坐着，三姨在给她擦脸、擦手。

外婆说：“好多了，我真的是有福气。以为这一次倒下了，也没有人知道呢，你爹爹今天一大早就过来了，又是请二舅来给我瞧病，又是煎药给我喝，最后还做饭给我吃呢。下午又给我吃一次药，还去叫你三姨回来照顾我。”

我从三姨手里抢过洗脸巾说：“三姨你歇会儿，我来给外婆洗脸。”

三姨说：“你们男人家手粗，还是三姨来给你外婆洗脸，一会三姨给你倒茶。”

我握着外婆的手说：“我听到爹爹说你生病，放下碗筷就来看看您。外婆，你想吃什么，我去店铺里给你买。”

外婆说：“我就想吃桂花糕。”

我想起小时候在外婆家住时，外婆就喜欢吃桂花膏的:“哦，我这就给您老人家去买。”

我买回桂花糕来，掰一块喂到外婆嘴里面。外婆说:“真甜，孙孙你也吃，吃呀，三妹子你也吃。”

三姨说：“娘，你多吃点，云大，你吃，我给你倒茶。”

外婆吃了桂花糕想睡一会。我和三姨轻轻地把外婆放平一些，盖好被子。我从布袋里拿出紫苏壳、寒食萝卜、韭菜籽对三姨说：“爹爹说，这些比药铺里的好一些，吃完这三服药再换方子时要用的。”

三姨说：“嗯。”说完放好带来的药。

我又接着说:“三姨啊,辛苦你啊,我明天早晨要赶回去犁‘泊水田’，满叔不在家，天气一上冻就不好犁田，不能多陪外婆，请您老人家和外婆说说，要外婆多保重身体，犁完田，我再来看她老人家。”

三姨端过茶来递给我说:“好啰,你回去忙,这里有我就行嘞，有空就来看看外婆，外婆想你呢。”

三姨起身去给我打洗漱水，给我铺好床。然后去外婆屋里招呼外婆。

我见到了外婆，也睡得安心了，一觉睡到天亮。赶紧去外婆屋里再看看外婆，外婆今天精神好多了，身子觉得好些。

我跟外婆告别回家：“外婆啊，你要好好保重身体，过几天我再来看您老人家，辛苦三姨您老人家，我走了。”

三姨和外婆说：“路上慢些走啊。”

回到家正好赶上吃早饭。

早饭后，我扛着犁，牵着牛，跟着爹爹一块儿去犁“泊水田”。

把犁放在准备张犁的田边，吆喝着牛站对位置，把牛轭子往牛的丰台上一架。牛很聪明，牛蹄子左右前后活动着，站得合合适适的。我把犁一张，掌控着犁扶手，掌控着犁箭头张的深浅。深了往后拽犁手，再张犁，摁住些；浅了提起一点犁把手。嘴里面吆喝着牛：“驾——吆——喝——驾——驾——吆——喝……吁——吁……”

我是去年才真正一个人驾牛犁田的。个子小，爹爹不让我早学犁田，怕我压不住犁，提不起犁，把田犁坏了。有时候爹爹不在，我跟满叔说好话，偷着犁一会。

记得爹爹第一次教我犁田时，他先教我怎样驾牛轭子、怎样张犁。然后爹爹自己示范犁两圈，边犁边说：“手里的鞭子别乱挥舞，犁过田的牛都聪明，牵牛鼻绳子往哪边扯，它就知道往哪边拐弯，你只要扶好犁，跟着它走，到了田旮旯里，再提起犁，再张犁就行。一丘田犁完了再反犁一圈，就是再反向贴着田塍、田边小心地犁一圈，这丘田就不会漏犁了。犁田时要留心点脚板下面，看有没有去年的老泥土裥子，有了就赶快踹一脚，下一圈犁到这里时再张一次犁，泥裥子就化开了……”

农谚说：“犁冬田、灌冬水，枯草根须易腐烂，来年便是沤凼肥。”田地不耕种，再肥沃的田也长不出粮食，耕种第一道工序就是犁田。自古只有累死的牛，没有犁坏的田。秋后犁田叫做犁冬田、泊水田，收割完晚稻的蔸根和枯萎水草的根须纵横交错，仍藏在田里结成网状，没草的田泥巴会结成硬板块，犁冬田对人、对牛都非常辛苦。

犁冬田可不是一件轻而易举的农活，犁箭头插进去要把蛛网般的根须切断，切得“嘎嘎”地响，犁起田泥，卷起泥土，盖住根须，使根须容易腐烂变成肥料，和沤凼粪一样好。入林识鸟音，犁田知牛性。要摸住牛脾气，让它配合你，翻不转泥巴，还得用脚尖去蹬，有时手忙脚乱，特别费力，使人气喘吁吁，只有驾牛汉才知道犁头的沉重。但也乐在其中，一犁过去，顺着犁箭头拱上来，卷土朝天是一行，三五行土坷垃依偎在一起是一畦，一畦接着一畦多好看；胆大的乌鸦、鱼公鸟、喜鹊跟在后面啄食刚卷出来的活泥鳅，上下跳跃，叽叽、喳喳、喔喔、呀呀地争抢夺食，欢天喜地，这生动的画面无不给人一丝欣慰。

“千斤犁头万斤耙”这话真不假，力气小还真举不起犁。我家的田大部分是梯田，更要下工夫，拐角处不好下犁时，就让犁箭头半立着，从塍、塍脚犁或田塍内侧犁滑过，即使七拐八弯也能犁到。我刚学犁田时，手上的力气小，不会用活劲，在这些拐弯抹角的石头埂着的地方，犁坏两只犁箭头，当时爹爹不问缘由，拿起吆牛竹条就往我小腿肚子上抽，一条一条的竹条红印，使我很快地熟悉老练起来，掌握住犁田技巧。每逢这种拐角就让犁箭头半立着，能把田犁成平底，不留下“鼎盖梁”。这样的犁田功夫才算出师。

我娘在家嘴里常常唱着这首歌：秋梦窄，水天宽，闲云轻抹淡淡山；谷仓满，醪糟甜，举杯犹缺驾牛汉。这首诗歌唱的是田野忙乱秋收后，山冲里安静下来，农家碾新米，酿醪糟，舂糍粑，祭祖尝新，生活充满了喜庆。这时正值农闲，地里干活的人少了，只有驾牛犁田汉还在田里忙碌犁冬田。

习俗：每年七月初十晚接老客（老祖宗）回家，祭祖尝新至七月十四夜晚送走老客，这四天多里拿出最好吃的、最新鲜的菜肴来祭祖，表示今天的丰收和幸福是祖先们之前的辛苦得来的，与其同享同乐。

我和爹爹两人一天犁三亩多，天黑了，爹爹说："收工吧，天凉起来了。"我们收工、洗犁，到家就不早了。

太吉又在晒谷坪上等满叔，爹爹放下犁走到太吉跟前说："安吉啊，这会儿天凉，回家吧？满弟一两天就回来了，回来就会给您老人家去请安的啰，我先扶您老人家回家。"

太吉犟着不回家说："我再等一会，我怕他跟着华金瞎窜嘞。"

爹爹只好回家对娘说："你去扶安吉回家吃饭吧。"

娘说："那我再去一趟，之前我叫她几遍了，就是不回。"娘去了好一阵子，也没有把太吉扶回家。

天又黑又凉，我出去帮娘劝说太吉，好半天太吉才答应回家。我和娘一起扶太吉回家，这时发现太吉走路跌跌撞撞，进家后没吃晚饭就睡了。

我和爹爹坐到太吉的床边。爹爹安慰太吉说："安吉啊，满弟一两天就回来了，您不吃饭身体垮了怎么办，等满弟回来了，我怎么向满弟交代。您老人家吃了饭才有精神等满弟啊。"又转过头来对我说："大伢子，去给太吉盛碗饭来。"

爹爹刚说完，娘端来热腾腾的一碗"米面"，送到太吉床边说："安吉啊，您老人家吃碗'米面'吧，是刚刚磨出来的米浆，烫出来的‘米面’，还打了个荷包鸡蛋呢，您老人家趁热吃。”

爹爹从娘手里接过米面碗，递送到太吉的手上，太吉伸手来端时，手是颤抖的，爹爹又赶紧接过米面碗。

爹爹接着说：“安吉，我来喂您老人家吃。”

爹爹一筷子一筷子地夹给太吉吃，把荷包蛋夹开成几块喂到太吉嘴里，把碗端到太吉嘴边喝了汤，太吉很快吃完了米面，说：“真好吃。”

第二天早上，太吉没有正常按时起床，说是坐不起来，三姑把她扶起来，身子总是往下滑溜，急得三姑直喊公吉、爹爹和我快些去看看。

公吉看后，对爹爹说：“你去叫他二舅来号号脉，恐怕是真的得病了，这与满伢子出门没有关系。”

爹爹说：“好嘞，我马上就去。”转身对我说：“云大，你一个人去犁田吧，不要太累了噢，该歇的时候歇一歇。”爹爹说完就走了。

我扛上犁头，牵出牛来去犁田。

二舅号脉后，出来和公吉、爹爹说：“灯油已尽啊。日子不多了，我开几服药给她吃吃，就算好了也只能在床上躺卧。”

公吉一直守在太吉身边，一步也不离开。爹爹抓回药来，娘给熬药，我把熬好的药端来。公吉说：“你们到外边去忙吧，我来给娘喂药。”

我还是第一次看见公吉情绪这么低落，这么孝顺太吉，看来太吉的病真的很严重。我心里在喊：“满叔啊满叔，五天了你还没回来。快点回来啊，太吉等你等得病了，她想你……”

春分无云多热疾　晴明无云物不成

西风北风谷麦贵　东风麦贱岁丰收

（天象气候农诀）

第五章

二月：惊蛰闻雷米似坭　春风有雨病人稀

月中但得逢三卯　棉花豆麦喜丰年

（天象气候农诀）

今天又是个好晴天，我去看看太吉。太吉今天好多了，想说话，就是说不清楚，舌头不听使唤。我猜她是要我去看看满叔回来了没有。我在外面溜达了一圈，回去告诉她：“今天会回来，最迟明天回来。”

我扛着犁头，吆喝着牛继续去犁田……

我犁田收工后，去冲外的小店铺里给太吉买“糖枝丫”糖。今年家里做的“糖枝丫”糖腌制桂花酱后已所剩无几。太吉吃完药后，口里含上一块“糖枝丫”糖就不会口苦。

我买上“糖枝丫”糖往回走，晚上阴天了，天很黑，隐隐约约地看到前面有个人影，身影很像满叔。我喊了一声：“满叔，你回来了？”

满叔停住脚步说：“云大，是你啊，我回来了。”

真的是满叔回来了。我心急地告诉满叔：“安吉病了，她很想您嘞。”满叔光着脚，草鞋都走烂了，身上肯定没钱买东西吃。

我问：“满叔吃饭了没有？”

满叔说：“回家再吃吧。”

我心里一阵酸痛：“来，满叔你吃‘糖枝丫’糖，你穿我的草鞋，你的脚都走出血泡了。”

满叔疼得咧着嘴说：“唉，总算快到家了。”

我边给满叔穿草鞋边问满叔：“您老人家找到华金舅舅了没有？看到三姑父了没有？”

满叔站起来说：“边走边说吧，没有见到他们两个人，但是知道他们去哪了。华金去了新化，我去新化找他，走了一天，没钱了，又回到湘潭。等你三姑父去广州办事回来，又等了两天还是没回湘潭来，我不能等了，说好最迟七天回家。我给你三姑父留话，要他一回到湘潭就回家来看看。”

我说：“哦，原来你在那里也没有见到他们啊。你走后的第三天，太阳落山时，太吉就一个人出来站到晒谷坪上朝茶籽坳上张望，盼你回来。第四天又站在晒谷坪上看到天乌黑，还是我和娘劝回家的，进家后不吃饭就睡。昨天早上起床时坐不起来，身子往下滑溜。”

满叔忙说：“这么严重啊？请郎中了吗？”

我继续说：“请了，请二舅来号脉说，不是想你想出来的病，是太吉真的有病了啊。”

满叔心急地说："快，回家看看。"我们加快了步伐。

说话间快到家了，我把放在路边的犁扛到肩上，把拴在树上的牛绳子解开，牵着牛和满叔一起进冲。

我一迈上上茶塘堤坝就喊："满叔回来了！满叔回来了，快去告诉太吉啊！"

满叔回来了，大家悬着的心都放下来了。一家人又恢复了平静，只有三姑对三姑父的思念永远也不会平静。好在有了三姑父的确切消息，知道三姑父人好好的，在什么地方，这就放心许多。

安吉见到满叔非常高兴，说出的话已经有些吐词不清："满伢子啊，回来就好，就好。"她握住满叔的手不放，看到满叔脚上的血泡，心疼地说："快去洗洗，抹点药。"

这几天满叔的脚要疗伤，并在家里多陪陪太吉。我和公吉、爹爹三人出马犁田，用了一天半时间犁完了泊水田。

这一天，二舅又来给太吉看病，病情有些好转，说是满叔回来得及时，老人家高兴，病就好一半。换了药方，公吉亲自去捡药。我也想再去看看外婆，不知道外婆好了没有。

二舅说："大伢子，你和我一起去看看你外婆吧，你外婆又该换药了。"真是和我想到一块了。我们三人一齐出茶塘冲，公吉去抓药，我和二舅去外婆家。

我在路边的店铺买了桂花糕送给外婆吃。二舅说："你外婆的病不能多吃糖，可以少吃点，多吃糖血流动得慢，对身子恢复不利。"

我羞愧地说："哦。我以为病了吃药嘴苦，吃点糖甜甜嘴，高兴高兴。那她老人家连糖都不能多吃啊？"

二舅说："是啊，少吃点没么事嘞，不要多吃啰。"

快到外婆家，看见外婆在外面晒太阳。见我们来了，老远就在喊："我的孙孙来了！还有他二舅也来了。"

我问外婆："您老人家的病全好了吧？"

外婆说："都是你二舅会看病，吃了六服药就好了。"

我说："这就好，这就好。"

二舅说 ："还得再吃两服药巩固巩固，断断根。"说着就号脉："嗯，好的差不多了。"二舅开两服药的处方后说："我还要去凤行弯里看病人，离这里不远，这就走。"

我拿着药方说 ："我送二舅，外婆您老人家等我捡药回来。"

我和二舅出了院，二舅悄悄地对我说："你外婆最多还能活两年，病好是暂时的，人总是要死的，生老病死是人生命的循环，记住不要让外婆自己知道，你有空常来看看她老人家。"

我的眼泪涮地下来了。然后我们一个走南，一个往北。

我在回家的路上，左思右想，要不要告诉三姨、大舅舅和满舅舅（亲舅舅）啊？不能告诉三姨，她经受不住的；满舅舅在花明楼那里拜师学木工，学徒三年不能随意回家，也不知道跟着师父在哪里做工；我去告诉大舅舅，大舅舅在粮店当师爷，一手好算盘……

我很晚才回到茶塘冲，回去后，我把二舅说的情况跟爹爹说了。爹爹说："你有空就多去看看外婆。"

天阴了，我去窑上把木炭装回家里。把这一窑留下自家用，再烧一窑送城里。到时候满叔的脚伤好的差不多就能去送木炭。

"云大、云大。"三姑喊我，有什么事？我赶紧跑过去。

我一看："三姑你弹棉花啊？"三姑已经把长板凳摆好在

东堂屋里，弹棉弓子也拿出来了。

三姑说："嗯，弹棉花，弹纺线的棉花，你帮我把门板取下来搭在东堂屋的长板凳上。"

我立即动手，摆好门板，再帮三姑搬来去籽的上等棉花一筐。

三姑说："好了，你去忙吧，这些我自己来吧。"然后在门板上铺上睡得光溜的竹编凉席，再搬起这筐棉花倒到竹凉席上；往腰上拴上弹花的腰带，拿起弹弓挂上弦，往腰上一撇，左手拿弓弦，右手拿弹槌。把弦往棉花上轻轻地一放，弹槌往弦上一击："邦——邦——邦……"弹得非常老练。

把棉花弹成二尺宽、三尺来长的长方形，然后压一压大概厚度适宜，这张棉就弹好了。拿挑棉棍挑上，往竹席角边放好，用同样大小的，一寸半厚的"压棉板"，压紧弹好的这张棉花。再继续弹花，这样，弹好一张挑过来放成第二层，再压上"压棉板"。就这样一层一层地弹、一层一层地压……然后一层一层的揭起，扯成一尺长、一寸半宽的条子，放到一块光滑的木板上，拿一根不到二尺长的芦杆压在棉条的一边，用一尺直径的木制圆擦板压在芦杆上，圆擦板的下面光滑，上面有一条木块抓手，木块正中有一个长方孔，刚好能进去四个指头。左手抓住芦秆，右手抓着擦板向前擦搓，一条纺线的棉花条子就出来了。

纺技高的，一天能纺二斤棉花，我也学过纺棉花，我一天只能纺二两棉，不过每天都是刚坐下就又有其他事走了，总是超不出二两棉。冬天下雪不能做地里的活，大家都来纺线，堂客们一有时间就纺线。每年自家身上穿的粗布衣服和床单、被单等，都是自家纺织、自家染料、自家裁剪、自家缝制的。

蚊帐也是自家织：在麻苗地里撕下麻皮来，放清水里浸泡，用麻刀把浸泡好的麻皮的表面青皮刮掉洗净，劈成均匀的细麻，然后将细麻两根捻一起，麻尾连接下一根的麻头捻紧，一直是这样捻，最后缠成“麻鹅蛋”，用“麻鹅蛋”再牵出经线，用捞米汤上浆晾干，上织布机织成蚊帐布，蚊帐布比棉布稀松些。把蚊帐布用草木灰水泡一泡，用脚踩或放石头上用棒槌打至雪白，然后漂洗干净，晒干，缝制成跟床大小的蚊帐。

我取了一担箩筐到木炭窑上，装上木炭，担到西堂屋，搬来砖头在西堂屋围一方角，垒三轮“土砖头”，把木炭倒里面，备天冷时烤火。这样空出木炭窑来，能再烧一窑木炭送城里，换钱备过年用品。

今天家里请来篾匠刘师傅，编织两担扁篾箩筐、一担丝篾箩筐、两担长鍪篼箕、两担短鍪篼箕、两个大皮撮箕、两个小皮撮箕、三个大篮盘、一张晒菜席子、两个茶篮。

刘篾匠和爹爹去竹山里看好需要用的竹材竹子，用土划记号，我和满叔用细锯子锯倒划记号的竹子，去掉竹枝后扛回家。竹山里的竹子太密，刚长出来许多竹子，我们每年都给竹林减负，锯回去后卖钱。家里的篾具也比较陈旧，有的篾具的篾已经断裂，早该添置新篾具。

刘篾匠拿起劈刀破开竹子，剔出竹青皮篾来，那动作飞快，不大一会，剔出的竹青皮细篾条就堆成堆。爹爹和刘篾匠把高的长粗板凳抬到地坪中间，卡刀往板凳头上一卡，用铁锤钉紧卡刀，卡刀上有宽窄不一的凹刀口，左手从篾堆里拿出一根劈好的篾放到凹刀口里，竹青皮朝上；右手拿一支刀片放在凹刀口上压住篾，左手揪出篾来，然后再换一头揪，这叫刨光竹篾；一根能织竹具的光滑的篾就做好，连续把一堆篾竹条全部揪完。

开始编织扁篾箩筐，四个扁篾箩筐编织得差不多时，再劈四条寸宽的竹条，也在宽凹刀口上揪光滑，按尺寸划线，然后用稻草火烧烤被划线的位置，烧软后在圆木棍上弯曲成九十度的弧形弯，每根宽竹条弯四个九十度弧形弯，再把弯好的竹条卡到编织好的扁篾箩筐上做固定边沿，一边一左一右地卡宽竹条，一边把编织好的箩筐扁篾揪成四个弧形角，最后将扁篾编织到宽竹条上，编成一样高，揪紧，固定好，这只箩筐就编织好了。刘篾匠半天工夫织好了四只箩筐。

下午又开始劈竹子，编织其它竹具。满叔陪刘篾匠干活，也亲手编织了两个小茶篮，编织得像模像样的。我也学着劈出些细竹条来，将来编织牛嘴笼子。

刘篾匠一连做工五天，做了两担扁篾箩筐、两担长鋬箢箕、一担丝篾箩筐、两担短鋬箢箕、两个大皮撮箕、两个小皮撮箕、三个大篮盘、一张晒菜席子、两个茶篮等竹具，全部完成。

砍完竹子后，我和四姑一块去砍伐木材，我们每人都拿着柴刀、锯子，扛上一副绳索扁担，带上白达子和达耳子到后山顶上伐木材。山顶上的树很容易被风刮倒、刮断，山顶上的树木叶子少，长得慢，杂木木质比较坚硬，也是烧木炭的好材料。

我们砍伐两天，多半时间都用在担木柴上，费了很大力气才担下来，山路窄，两旁都是柴木，担上木材真不好走下来，把四姑累坏了。

可以装窑了，我熟练地装好窑，点上火，守着烧了半天，火势正好，又会是一窑好木炭，正好送城里去。

这一窑木炭封火了，两天后就能去城里送木炭。

满叔的脚好多了，我们俩一人担两个箩筐和一个茶篮子去山上捡松鸭坨。松鸭坨里的松籽已经全炸出去，挂在树上都晒干了，有很多掉落在地上。我们很快就捡满两箩筐，我让满叔留在山上捡，我担着松鸭坨送回家。

刚走没几步，达耳子冲过来咬着我的裤腿，扯着往山上走，我赶紧放下箩筐跟着往上跑，到半山腰的一棵大树根跟前，看到白达子趴在树根旁边守着一个小洞口。哦，是逮住小野物啊！我仔细观察：洞口小，洞口周围不光溜，脚印碎而乱，还很浅，可能是一只松鼠。我说："你们好好地看着它，我回去拿笼子来，要抓活的。"

我担着松鸭坨回家，往灶旮旯里一倒，拿上笼子和锄头跑上山，白达子和达耳子坚守职责，看见我来了，"呜呜"地向我示意：它在里面呢。

我举起锄头就挖，把洞口挖到刚好能放笼子，笼口对住洞口，它一出来就钻进笼子里，只要它稍稍一动笼子门就会插下去，一切准备就绪。

我回到捡松鸭坨的那里，满叔捡满那两箩筐外，地上还堆着一小堆松鸭坨。

快到酉时的时候，山上的两条狗"汪汪、汪汪"地叫个不停。我两步并作一步走，很快到洞口："哇，逮住了！小松鼠。"

松籽掉地上后，松鼠都出来吃

松籽，我们经常看到松鼠在地上和松树上到处乱窜。我对白达子、达耳子说：“回家犒劳你们。”

我和满叔担上松鸭坨，我把松鼠笼子挂到扁担头上，带着白达子、达耳子收工回家。刚到泉水井，我娘和满婶带着三弟、四弟来迎接，三弟比四弟大半岁。我把笼子交给三弟提上，说：“和四弟一起去玩吧，不要让它咬住你们的小手哦。”

俩人齐着说：“大哥真好，谢谢啦！”二弟放学回来和正妹去屋后山里，捡些松籽回来喂养松鼠。

我们把灶旮旯填满松鸭坨，又把扮桶里也堆满松鸭坨。

松鸭坨是冬天、雨天烤干衣服的好柴火，无烟无味，又经烧。土炉里放上松鸭坨，用竹编罩子往土炉上一架，晚间洗的衣服搭在竹罩子上，第二天早上衣服都干干的，没有烟熏味，也是冬天烤火的好木材。

木炭窑上的温度降下来了，开窑门看看，比第二窑烧得好，打开窑门揭开天窗，再凉一晚上正好。第二窑没人守着，我和爹爹、公吉都去榨油，没有照看好火候，所以烧得不理想。这第三窑送城里最好，我们家烧的木炭是保质保量的，多年来每车的价格从不降，也装得满满的，送到老顾客家，从不推诿，当下结账。

天不亮，我和满叔又推着装满“车箩筐”木炭的土车子起程了……

这次在城里多转了转，公吉安排买些准备太吉过“百年”的物品，还有过年的用品。我和满叔回到家已经是半夜。

立夏东风五谷丰　西风畜灾起蝗虫

南风疾病苗大旱　北风地动水泉涌

（天象气候农诀）

第六章

三月：风雨相逢初一头　沿村瘟疫万人愁

清明风若从南起　预报丰年大有收

（天象气候农诀）

十月二十六日，今天是大雪节气，也是三弟的三岁生日。晚上刮了一夜的风，早晨显得有些凉，我加一件夹层背心。先去太吉屋里给太吉请安，然后再到安吉屋里。

安吉见我就说：“云大啊，你去窖里拿块纯瘦的腊肉、一个蒜出来，早饭吃长寿面，今天是三伢子的三岁生日嘞。”

我照安吉的吩咐，取出腊肉和蒜，刚走进灶屋里，满婶跑过来哭着说：“快去看你太吉，快去！”我边跑边喊：“娘啊！爹爹！公吉！安吉！快到太吉屋里！”

我心里想着：我早晨去给太吉请安时，太吉没吱声，我以为是睡觉了，轻轻地走出来，没想到太吉是……

我跑进太吉屋里，公吉正坐在太吉的床上抱着太吉，太吉已经奄奄一息。

安吉、爹爹、娘、满叔都跪在太吉床前，我也随即挨着爹爹跪下，三姑、四姑、弟弟妹妹们也随即跪下，只有满婶不能跪，她有喜是不能见这种事的。

太吉用她吐词不清的、低得让我们很难听见的声音说：“都——来——了，我——该——走——了。”说完后，太吉的头慢慢地偏向公吉的怀里……

全家人哭成一片……

公吉把太吉平放在床上，然后下床，跪在太吉床前含着眼泪念《血薄经》，念九遍后，说：“都起来吧，搬凳子坐下。”

爹爹取来“三眼炮”，装好自制的土药，土药是用雄黄石、硝石碾成粉末加木炭三种原料组成。把“三眼炮”的三个眼都塞好“土药”，点一眼响一声，再点第二眼、第三眼；一炮响三声，然后再装上三眼“土药”再放，连放三炮响九声，声音巨大，冲里冲外三里地的人都能听见。表示家里“倒了肉钵子”（死了人），冲里冲外的邻里乡亲听到三眼炮响，都会不请自来地来帮忙：挖坟墓、做饭、洗菜、抬棺材等等。乡间谚语叫做：“人死饭觉开，不请自己来。”来帮忙的人不计其数，我们全家人在正堂屋守孝，接待亲戚朋友给太吉上香悼念。

安吉安排娘和满婶快些做好面，让大家先吃早饭。

饭后，公吉安排我去大姑、二姑、外婆家报丧，这三家比较远一些；安排满叔去其他近距离的亲友家报丧；爹爹去请丧乐班子（包括写悼词、扎纸屋、纸衣服等）、看墓地风水的先生，虽然早就已经确定了墓地，但是还要看好开挖的位置和方向，也就是拿“罗盘”定位；娘和满婶烧开水，准备宰猪、杀鸡用的热水；公吉在家当主管及守孝。

安吉拿出白布和麻来，全家人给太吉戴孝，我们按男、女、辈分一一都披麻戴孝。

娘给三弟和四弟装束好后说：“三伢子、四伢子，你们两兄弟商量商量，那只小松鼠看放哪里好，一会有很多的人来咱们家，别的伢子看到会提走的。”

两小弟兄一块走到松鼠跟前，三弟说：“四弟弟，二哥捡的松籽它都吃完了，二哥说山里没有松籽捡了，咱们没有松籽喂给它吃，它会死的，太吉没吃饭就死了。”

四弟说：“给它吃我的饭，就不会死了。”

三弟比四弟大半岁，就是不一样，说：“它不会吃饭，只会吃松籽籽，它还小肯定也想它嬷嬷了，咱们让它回去找嬷嬷就不会饿死了。”

四弟说：“那好嘞，三哥哥你给它开门，我走远点，它会咬我呢。”

三弟说：“好啊，我提到井那里放它，你在这边等我。”

三弟对小松鼠说：“你去找嬷嬷吧，去吧，别回来了。”

三弟、四弟把松鼠放生了。

全家人按分工一一地行动、出门……

我们孝子出门在路上见熟人都要单腿下跪报丧。我去的地方远，认识的人也多，路上尽是石子、沙子，报丧回来后，膝盖都跪紫了，裤子也都磨破了。

爹爹很快就回来了，爹爹从猪栏里赶出一头大些的肉猪，有乡亲帮忙一起宰杀，这头猪净重两百多斤。这一天买了乡亲二十只鸡，乡亲帮着杀鸡。我和满叔回来后在上茶塘撒网打鱼。安吉去世的当天晚餐就有二十多桌人吃饭。

傍晚，本家皮影戏子李十二阿公领着他老人家的戏班子，在晒谷坪的上丘田边搭好皮影戏台。晚饭后演唱皮影戏，茶塘冲外十几里远的乡亲都来看皮影戏，整个晒谷坪和几丘田里都站满了看皮影戏的人。

开戏前，人们熙熙攘攘，相互招呼，问寒问暖，热闹喧天。当锣鼓开台一声响起，全场鸦雀无声，尽情地观看皮影戏。

李十二阿公的演技逼真，当演《哭丧》时，全场看戏的人都不由自主地流泪哭泣。用“西湖调”唱《哭丧》，那悠悠扬扬的哭腔，浸人肺腑，感人珠泪双流……

皮影戏班一连演三个晚上，表演了我太吉一生所做的好事、功德、贤惠和她老人家在天堂快乐幸福的生活美景。

第三天，墓已经挖好，一切都准备就绪，正午时出殡。我们这里的风俗是男人死后可在家停放五到七天，女人死后一般只停放三天。太吉是第三天出殡。

有三班丧乐：自家请一班，当地自发来一班，太吉娘家送一班，做了三天的道场。

出殡前，晒谷坪上围满看热闹的乡亲：有舞龙的、有舞狮的，敲锣打鼓吹锁呐的好热闹。正堂屋的神柜下边停放着太吉的棺材，“孝子”们都跪着，边烧纸钱边哭丧。堂屋里面还摆放着纸屋、纸箱、纸轿子、纸牛、纸猪等等。只要是活着的人有的钱财物品，都用纸扎好烧给太吉，让她老人家在阴间享受荣华富贵。

出殡时，我们孝子、孝孙、孝曾孙都是三步一跪、九步一叩地送太吉最后一程。公吉、爹爹和我，爷仨个在太吉墓前守孝三天三夜。

办完太吉的丧事，我们开始做田里的活。准备来年春耕的肥料，把每丘田截上一个角做沤凼坑，用截坑里的田泥巴堆筑堤，堤与田塍相平，形成沤凼粪坑。然后薅路边的草皮子、山上的黑土和牛栏粪、猪栏粪等放沤凼粪坑里，时常翻动，能沤三个多月，沤熟做春季稻田肥料。

太吉过世的三七（二十一天）这天，祭拜太吉完毕，公吉说："大家留步，我有事和大家商量。"然后坐到太吉生前的那把雕花大围椅上接着说："娘过世已过三七，娘这间屋子不能空着没人住，我想安排云大住，云大不小了，将来做云大的新房。大家有不同意见的，现在提出来，不过要说得在理，我也想听听大家的意见。大家说说吧。"

大家都闷了很长时间，堂屋里静静的。爹爹先开口说话："大伢子的亲娘去世早，我平时对他照顾不周，觉得很对不起他，爹爹这样安排，我没意见。看看其他人的意见吧。"

过了一会满叔开始说话："我和云大的岁数差不多，大他两岁，按辈分来讲呢，我大他一辈；按情分来讲，我们是从小耍到大的最好的朋友。但是，我马上生第二个伢子，一间屋子有点挤。大家琢磨琢磨。"

公吉坐着抽烟，认真地听着。堂屋里又静下来，许久没人说话。安吉清清嗓子说："满伢子讲的也有道理，我觉得把四小伢子安排到云大现在的屋里，离我近些也好照看，满嫂子快生了，四小伢子我来带啰。云大搬到娘的屋里合理些，云大是长孙，很快就要结婚的，住正东房没啥说的。”

满叔、满婶低头不语，公吉还是漫不经心地抽着烟。我心里想：原来公吉和安吉已经商量好的。

又安静了许久，公吉看看我爹爹说：“老大啊，说几句吧？”

爹爹这才又说话：“云大是我的伢子，我怎么说都不合适。满弟和弟妹你们琢磨琢磨？”

过了好一阵子，满叔、满婶还是低头不语，大家都沉默着。公吉又上了一斗烟，呼噜噜、呼噜噜地抽着。

安吉有点急了，站起来走到满叔跟前说：“满伢子啊，娘今天想要多说几句了。从小你安吉（我太古）疼你、护着你，所以你结婚就安排住东正房，和安吉并列住，我跟你爹和老大并列住西正房，这意味着老大家的大嫂子是要早起做饭，多做家务活的。这么多年，大嫂子任劳任怨地做饭、洗衣服、打扫家院，也太辛苦了，有人体会到大嫂子的辛苦吗？云大两岁亲娘过世，在外婆家住到七岁才回来，又有人体会到他回来时的心里感受吗？我不想将来云大的堂客（媳妇）也跟大嫂子一样辛苦。我就你们两个伢子，凭良心，手板、手背都是肉，不想偏向哪一个。老大的年纪大你二十，对家里的贡献比你多二十年，云大伢子比你小两岁，对家里的贡献只比你少两年。二伢子、正妹子、满妹子三人住一间屋，三伢子三岁还跟爹娘住在一间屋一张床。我打算重新调整一下：二伢子、三伢子、四伢子都住云大这间房，正妹子和满妹子还住那间屋。伢子、妹子分开住。我已托媒给云大说门亲事，长孙的新房是要脸面一点的，不能太小家子气，我的嫁妆也打算给长孙堂客，没什么可争的。我就说这些了，你们自己想想我说的在不在理。”

满叔扯扯满婶的衣边，两人齐说："娘说的对，我们同意爹娘的安排。"

公吉拿出烟斗斗芯，扣扣烟灰说："大家还有意见没有。"

爹爹这才跟着说："我和大嫂子都同意爹娘的安排。"

公吉放下烟筒对我说："云大，你十六岁，是大人了，你也说说。"

我双手抱拳在胸说："谢谢公吉、安吉，谢谢满叔、满婶，我听从长辈的安排。"

公吉面带微笑说："今天的家庭会开得不错，和和气气的，我也表个态：'同意老太婆的安排'。大家都照老太婆安排的搬到自己的屋里去吧，收拾打扫好屋子再吃晚饭。散会！"

大家都各自整理自己的用具，搬到安排的屋里。

我搬进太吉的房间，太吉的床是带招的菱花床，雕刻细腻逼真，精致美观，煞是好看；雕刻着许多故事情节：刘海砍樵、刘海戏金蟾、喜鹊登梅、姜太公钓鱼、穆桂英挂帅、鹊桥相会、哪吒闹海等……用玻璃彩画着人物及情节，涂上相应的背景图案，镶嵌在枣红油漆床木板雕刻的故事情节中，相映成趣，古香古色地融入一体。

那套茶具才是最吸引我的眼球的，尤其是那品茶壶，纯白彩釉，雕刻莲花仙子图，图案非常柔和温馨，用手触摸，感觉柔润光滑，看上去清晰亮丽，我是爱不释手啊。

这一晚，我尽情地享受着有生以来最高的待遇。太吉屋里的一切家具、用具，是整座房子里面最好的。爹爹屋里的算第二，我娘的嫁妆加上继母的嫁妆，虽然没有太吉的精致，但也是上等精美。满叔屋里又次些，因为满婶的嫁妆相比又稍微差些。

第二天一大早，我把太吉常坐的木雕精致的大围椅和爱不释手的那套茶具搬到公吉的屋里，还有那套火盆也送给安吉用。公吉和安吉高兴地一直夸奖我懂礼、懂事、孝顺……

我平时很少注意公吉和安吉屋里的家具用具，在他们夸奖我的同时，我也好好地观察一番：公吉和安吉屋里比太吉屋里稍稍逊色一点，朱红油漆带招的菱花床，招正中上方雕刻着“佛光普照”花纹，正中的玻璃彩画中是“观音送子”图，左右两边是“鸳鸯戏水”“喜鹊登梅”等等；床架上边相嵌着“莲花仙子”“鹊桥相会”，床架两边相嵌的是农耕图；整体看上去：有山、有水、有仙境，有梯田、有耕种；精雕细画、山水融合、人物逼真，就像是一幅精美壮观的春耕示意图。

时间过得真快，只剩一个来月就过年了。昨天下雨，今天下雪，立冬刮北风，今冬真的要冷了。

栽下的油菜、萝卜菜苗都已成活，麦苗已长出，农耕有言：麦盖三层“被”，定是丰收年。麦子需经历三次雨雪，现在下雪对麦子有利。

今年秋旱，有两座山塘的水已经干枯，坝面土质有些酥松，为了来年更好地蓄水，趁塘干修筑堤坝，公吉和爹爹商议准备维修这两支塘。我们家做大事总要和上下邻里商议，并请他们做帮工。

公吉拿起牛角号站在晒谷坪上，举起号：“噢喔”、“噢喔”、“噢喔”，吹了三声，停一会又吹三声。这是通知茶塘冲里的所有农户集会议事的号角。

不一会其他六户人家陆陆续续地回应吹一声：“噢喔”。然后每户一个当家的出门来我家议事。有的打着山歌：“山歌子依哎——依哎——呀……”；有的口里吹着、唱着当地的小调：“一更子呀里来哎，眺凤哎墙嘞呀，凤墙头上打呀哎一望呀，贤妹妹窗前绣呀绣鸳鸯哎，贤呀妹妹耶，贤呀妹妹是呀是我妻嘞呀……”。这支当地小调唱的是订婚后的夫君偷偷看望未婚妻的故事。

安吉听到他们的歌声说：“这几个阿公啊，风姿不减当年嘞。”

公吉把他们请到正堂屋里，娘给他们一一上茶，满婶帮忙端来炒熟的豌豆、南瓜籽、花生、油炸红薯片，还有坛子里的浸菜（泡菜），摆在八仙桌上。公吉坐下方，请他们按年龄大小在上方和左右方坐下。

落座后，公吉说：“今天请大家来商议商议：有两座山塘干枯了，这两座塘大家都有用水，当然主要我家用的多。我看了看坝面土质有些酥松，我想趁这两天下了雨雪，塘里的土质湿润，好修筑堤坝。特意请大家来一起商量，是大修还是小修或者不修，大家议议。”

唐大阿公抽了口烟说：“那天我去看了看，塘堤面确实枯了，要是再冻一下，明年怕是要漏水呢。”

汤阿公接着说：“我也看了看，应该修一修。”

唐二阿公也说：“我同意修，春季雨水多，多蓄水也方便我们种菜。”

细阿公跟着表态：“同意修，早修早好，完工过年。”

元满阿公和杨四阿公异口同声说：“同意修，最好修好过年。”

公吉看到大家都同意修，连声说：“好！好！意见都统一了，再议议方案，我觉得有两个修法，大家看看哪个好：一个修法是从塘底往上用锄头脑壳锤，锤得紧紧地；一个修法是拿抬硪夯，更坚实牢固些。大家说说采用哪一个方法。”

六个老人家异口同声地说：“打抬硪吧。”

公吉说：“好！”七个人的手往中间一伸摞在一起，齐说：“就这么定了。”

公吉指着桌上摆的东西说：“大家吃‘粒粒’，喝茶。具体的事儿我先说说，大家再做补充：每户出两个劳动力，打抬硪和刨土、填新土；每户带一副箢箕、扁担、锄头；其他的工具全从我家拿；三顿饭都来我家吃，一齐吃饭一齐上工。吃饭、出工、收工都听我的牛角号，完工后每户担一担谷子回去过新年。大家还有什么意见？”

有的说：“李阿公你太客气啊。”

有的说：“我们托您老人家的福啊。”

还有的说：“你老人家真是菩萨投胎，慈善啊！”……

早上爹爹吹起牛角号，六户修塘的劳力工纷纷来到我家吃早饭，饭后大家一齐先修南面茶籽坳下的山塘，然后再修北面草塘。

大家先把浮土刨成堆担到下面的稻田里，倒成一排成行的小土堆，这样不影响红花草的生长。清理堤坝上的浮土后，再填上一尺来厚的从山边挖的新的黄泥好土。填了有三方土时，爹爹安排一部分年纪大的人继续填土，年轻的一部分人打抬硪。抬硪是用四根木棍以井字形夹住一块长条见方的石头组成，石头有一百二十至一百五十来斤重，四人抬和八人抬均可。四人抬时，每人抓两根木棍，八人抬时每人抓一根木棍。

然后，我们四人抬起抬硪打起来：

爹爹领号："嗨——呀——哆啊！"

大家一齐边抬抬硪边跟着吼："嗨呀哆啊！"抬到比肩一般高，再使劲夯下来，四人用力均匀，夯下来时，夯出稳稳的一个小方坑，挨着一个一个的坑边一直夯，一直夯到整个堤坝紧紧的、平平的。

爹爹继续领号："大家齐心哟"（抬），大家齐喊："嗨呀哆啊"（夯）

爹爹继续领号："来修塘啰"（抬），大家齐喊："嗨呀哆啊"（夯）……

领号的人可以讲着故事作领号语，也可以指挥抬硪走向作领号语，见到什么就用什么来作领号语。如果有几抬抬硪时，相互比赛着文才，还能比出谁的文人气质和素养水平高呢。要是几抬抬硪，相互开玩笑、打情骂俏和相互调侃起来，也是一台津津有味的好戏哦。

娘和满婶、三姑、四姑在家做饭、烧茶水也都忙得不亦乐乎。

虽然时有雨雪，但多半是夜晚下的大，白天下的小或停。泥土湿润，抬硪底上粘成泥疙瘩，用锄头挖掉硪上的泥疙瘩再继续打抬硪，这种天气修出来的塘堤，土质更粘得紧，对堤坝坚固更有利。最后用地拍子拍平堤面。在大家的齐心努力下，二十二天的时间就修好了两座山塘。

山塘修好后，爹爹按公吉之前和大家商议时说好的，给每户一担谷子，大家在我家的碾子屋里：碾米、车米、筛米、舂米。然后高高兴兴地担回家过年。

夏至南风禾大熟　北风田旱多眼疾

西南风向刮六月　人民遭殃水横流

（天象气候农诀）

第七章

四月：立夏东风少病魔　晴逢初八果生多

雷鸣甲子庚辰日　定有蝗虫侵稻禾

（天象气候农诀）

屋东边的梅树开花了，山边绿树丛中靓丽的一片红梅使得茶塘冲里生气勃勃。在这梅花盛开的时候，我家的母牛产下一仔，是头公牛仔。

昨日傍晚时分，公吉看到母牛忙碌着含草集成堆，这是母牛下仔前做生产准备。公吉、爹爹和我三人轮班守夜，我守第一班，爹爹守第二班，公吉守三更后的这一班。满婶有喜，也快生小伢子，所以不叫满叔来守夜。我守完第一班睡觉很沉，天刚蒙蒙亮，睡得正香，听到公吉在吆喝着母牛。我赶紧翻身起床跑过去看，大家都围过来看母牛下仔。

我赶到时，看到小牛的头已经生出来半节，爹爹去帮忙往外揪，公吉摸着母牛的肚子和屁股，安慰母牛，怕它生气踢到爹爹或踢到小牛。一会小牛全部生出来，湿漉漉、滑溜溜的，想站站不起来，要站很多次才能站起来。

公吉说："刚出生的小牛必须让它自己站起来，才知道小牛仔是否健康、健壮。"

人们将小牛此举喻为：刚出生的牛犊是在跪拜四方。小牛跪拜四方时逗得大家不亦乐乎：站不稳，跪下；再站，没站稳又跪下；一连站、跪四五次才站稳。

我们民间将其对比那些背信弃义、缺德不孝的人时，常说：刚出生的牛犊都懂得跪拜娘亲给予它生命；跪拜四方神灵，求得一生平安。意喻是人比牛犊聪明，更应该懂得仁、义、礼、信、孝啊。

公吉看到小牛犊站稳后，立即上前摸摸小牛的头，这时小牛犊乖乖地任其摆弄。公吉将手伸进小牛犊的嘴里，掏出小牛仔口里的粘液，然后拍拍小牛仔的屁股。小牛仔抬头一声"哞——"，躲到母牛的跨下，寻找奶头，含着母牛的奶头就吸吮。逗得大家哄堂大笑，真是天生就会吃啊。

二弟、三弟也都来看："哈哈、嘻嘻、真笨，奶子在那里嘞，那么大都找不着啊？"

公吉说："它啊，聪明着呢，将来犁田喃，只要教它三遍它就会了。"

爹爹接着说："小牛嘞，后年就长成大牛了，是背犁的能手，比大黄牛还要会背犁呢。"

满叔把牛包衣（牛胎盘）挑到箢箕里。公吉说：“四一（满叔小名），把牛包衣埋到后山桐树下，下一胎就会和这一胎一样顺利。”

时间过的真快，一眨眼的功夫就到了腊月二十二了。我从粮仓里担出来两担谷子到碾米房，准备碾过年吃的米。

牵出一头黄牛来拉磨，给它戴上牛眼镜，堵住牛眼睛，戴上牛嘴笼，不让它看见谷子就吃，无心拉磨。

我边往碾磨上倒谷子，边把碾好的谷子扫下来溜进箩筐里。两担谷很快就碾出来，用风车把谷糠皮（谷壳皮）和米分离。风车有三个漏斗，上面的漏斗大，装刚碾出来的糠米；下面两个漏斗并列，一大一小，大漏斗出整米靠前，下面放一个箩筐接着整齐的米；小漏斗是出碎米和糠嘴巴的，靠后，也放一个箩筐接着碎米和糠嘴巴；风车的尾部是一个四方大口，出糠皮子的，风车一吹，糠皮子从四方大口飞出；最前面是风车的一个风鼓，鼓里面有四或六片风叶，风叶轴直通外面，装有拉手，握着拉手摇风车风叶，米、碎米、糠都能分离开。

糠是喂养猪的饲料，每顿猪潲里放些糠，猪吃得快也长得快；碎米和糠嘴巴煮到猪菜里，耐饿些，也营养丰富，长肉长膘。

分离出来的整米，还要做一次筛米的工序。

筛米，是把米里没去壳的谷子团到筛盘中间，捧出来重新放到碾子上再碾一次。把碎米筛下去，筛盘下面放一个大箩盘接着碎米。然后把整米倒到石臼里面来舂米，舂米就像踩跷跷板，人站在跷杆的这头，那头是固定好的碓公对着石臼中的米舂，人踩一下松开脚，那头的碓公就砸下去舂米，这样舂到米发亮就叫舂熟了，口感好。做捞米饭时，捞出来的米汤营养丰富，喂养刚出生的婴儿非常好。

吹米风车

过年的米，招待亲戚朋友要舂得熟些，我舂了一半的米，就觉得腿困了，停下来休息一会。满婶在屋里听到舂米声音停了，赶快把满叔叫来和我一起舂米。

满叔跑过来说："怎么不叫我啊？我打算下午来舂米。"

我说："大家都累了二十多天，我年纪小恢复快嘛。"看看碓公继续说："这家伙太沉，要一口气舂两担谷的米还真费劲呢。"

舂米工具

满叔说："你还不到十六岁，生在咱们这个家庭里，什么都得学会，什么都得干，你已经很出色了。"

我说："比起满叔来还差得远呢。"

两人边聊天边舂米，很快就舂好两担米。

今天是腊月二十三小年，每年过小年这一天，家家户户都要杀鸡、打鱼，大户还要宰猪，准备过小年供奉灶王爷和春节期间的菜肴。

公吉和爹爹会屠宰，天刚蒙蒙亮，公吉和爹爹就准备宰自家的猪。我和满叔帮着拿接猪血的盆子，在盆子里放上些盐，提上一桶干净的清泉水，将扮禾的扮桶抬出来。然后帮着捉猪，捉猪得齐心，大家齐动手，爹爹抓住猪耳朵，我和满叔各抓一条后腿，公吉抓前腿。四人抬上猪，把猪脖子放到长凳上架着，爹爹一刀刺进猪脖子，先断喉，往深刺，猪就不叫了。拔出刀来，猪血直流，我和满叔将猪后腿慢慢地往上提起来，这样猪血流出快，也能流净猪血；公吉往接猪血的盆里面，边掺水边用筷子不断地搅动，掺适量的水。等猪血流净了，公吉喊："一、二、三、放！"我们四人一齐把猪放地上。

爹爹用尖刀在猪的一条后腿上割开皮，割一小口子，然后用嘴巴对住口子往里面吹气，吹一口气，用手抓紧口子，呼吸一口气再对着吹。爹爹吹累了，我接着吹，公吉拿着一根两尺多长的圆木棒，拍打着猪皮还皱的、没贯气的地方；吹到猪肚子鼓得硬邦邦的，再把猪腿刀口处的前面用麻绳缠紧，不让漏气。然后我们抬起猪放进扮桶里。

娘烧好了烫猪毛的水，我和满叔把水提出来倒到扮桶里面烫猪毛，边烫边翻动猪身子，每处都烫到、烫匀。

公吉端上猪血摆到"土地神"前，上香供奉"土地爷爷"和神灵。

爹爹拿来猪毛刮子，在猪背上刮了刮，能刮掉猪毛了。爹爹先在猪后脖子上拔了一撮最长的猪棕毛，给娘拿去洗一洗，荫干后给堂客们做鞋时上鞋底用和做针线活用。我们三人一齐抬起猪架到两条长凳子上，开始刮猪毛，鼓起的猪皮好刮毛，三个人齐动手，一会儿这头花毛猪变成了白白净净的光毛猪（无毛猪）。

然后我们在坪里用三根木棍搭一个三脚架，在架子上绑一个大铁钩，用尖刀在猪尾巴处扎一刀，把猪倒挂在铁钩上。然后，开肠破肚……

我们将猪肚里的东西用一个大木盆装着，留一个整猪头；

再将猪身分成两片，卸开肘子、腿和包臀。我和满叔抬着猪的五脏六腑去清洗，我们先清洗猪的心、肝、肺，然后翻洗猪肠、猪肚等，忙完才吃早饭。

公吉和爹爹，早饭后提上屠宰工具去给乡亲宰猪。这一天，大户人家已约请公吉和爹爹宰猪。从上午宰到晚上，从这家走到那一家，要宰六七头猪。

腊月二十三这天，有池塘的人家还要撒网打鱼。农家人用最好最新鲜的肉、菜来供奉灶王爷上天。

小年这一天晚上，我们当地的习俗是：家家户户摆上香烛和丰富的菜肴送灶王爷上天庭，请灶王爷在玉皇大帝面前说些好话，保佑来年风调雨顺、五谷丰登。

我家今年过年撒网的鱼塘是下茶塘，上茶塘在太吉去世时已经打过网。满叔和我带上二弟三人来到下茶塘，我们把网漂板拣顺后，我拖着网沿塘的上游绕圈至堤坝，满叔往塘里沉网，然后拖那一头的网。二弟帮着拣去挂在网上的杂物，跟着满叔沿着塘内干泥处慢慢地走，慢慢地拖。池塘围了一多半时，鱼就开始跳起来，鱼网越来越沉，鱼越跳越欢，有的跳过鱼网那边逃生了。小伢子们在堤坝上看鱼跳跃，也跟着拍手欢跳着，嘴里叫着："鱼跳起来了！鱼跳到那边了！这条鱼跳的最高哎……"

邻里乡亲都手拿篮筐和木桶来买鱼，围观的人越来越多，真像是一台大戏。大叔们也都来帮忙收网，很快收网到塘边，满叔先抓十二条一斤多重的鱼放桶里，留给自己家正月里招待客人吃，然后开始卖鱼。

我家的鱼网眼大，一斤以下的鱼在过网时都自然放生。打上来的都是一斤以上的鱼，因为年年打鱼，而且特大的鱼不好吃，这网下来最大的鱼只有三斤多。一般农户只买一斤多点的鱼，一条鱼刚好一盘子，正好招待客人吃，吃起来既香又实惠。吃鱼就要吃一斤多的，往桌子上一端：有头有尾的，表示一年到头做事有头有尾，是吉利的象征。

不到酉时就剩下十来条二斤以上的鱼，刚好自己家里留着，切成块，熏制成腊鱼，到夏天农忙时或来客人时吃。

清洗网收工，把网上粘上的杂物捡掉，洗掉泥，三人洗网的洗网，收网的收网，把网收到长鋆箢箕里，一头是渔网，一头是二十多条鱼，我们担着鱼高高兴兴地回家。

回家后，满叔剖开鱼肚，掏出鱼的心、肝、肺、鱼泡喂猫。猫儿已经瞪大眼睛守在一旁，“喵喵”地叫个不停。这么多鱼肚脏够它吃几天的，它是只虎皮猫，个儿大，抓老鼠的能手，每天都能看到它躲在柴旮旯里吃老鼠。它见到鱼，想改善生活。秋季山塘快干时看到它自己还去塘里捞小鱼呢，前爪真快，“扑”一下一条，一会儿就吃得干干净净，不留痕迹。我把鱼洗出来，送进灶屋里，娘把鱼分开来：蒸的蒸，炸的炸，腌的腌制成熏鱼……

天黑了，公吉和爹爹摸着黑回来了，带回来七只猪腰，七块二斤来重的五花肉，这是七户人家给的宰猪酬劳费。还有七块带猪胆的猪肝，是公吉自己切的，公吉最爱吃带猪胆的猪肝，不洒盐，用黄草纸包两层，放清水里浸湿黄草纸，再放进灶炉的红炭火里焐熟，取出后切成片，肝胆一块儿吃，又苦又香又鲜嫩，吃得津津有味。吃猪肝确实对眼睛好，公吉年纪六十了，视力非常好。在家里的地坪里能看到山里的牛走到哪里，也能看到谁在山里做什么。

晚上，大家都洗漱完毕，男人们供奉灶王爷上天。

小年这一天大家都累了，很晚才歇息。刚熄灯睡下，白达子和达耳子突然叫起来："汪、汪汪。"它在告诉我们有人来家，不一会听到敲门声音。爹爹出来打开门一看，说："三姑爷回来了！"爹爹上下打量着说："风尘仆仆的，没吃饭吧？"

三姑父说："大哥，您老人家身健啊！全家人都好吗？"接着说："我还没有吃晚饭嘞，三妹妹睡了？"这时我和娘都出来迎接三姑父。

娘说："三妹妹刚睡——"娘对我使眼色，意思是去叫三姑出来。我很快到三姑屋里，三姑、四姑听到三姑父来了，已经起来，坐在屋里等三姑父。我说："三姑快出去啊，姑父回来了，快去呀。"

三姑却说："云大你出去看他吧，我在这里等他。"四姑和我一起出来，去西堂屋陪三姑父。

我想：为什么三姑会这样啊？那么想念的人回来了，却不赶快出来见面，是生气了？还是……

三姑父到西堂屋坐下，娘去给他准备饭，四姑给他上茶。这时三姑父见到公吉、安吉出来，立即起身跪地磕头："爹、娘，您们身体贵安！"

公吉和安吉一同说："还好！还好！快起来说话。"姑父起身。

爹爹接着说："请坐，请坐。"三人一齐坐下。这时满叔、满婶、二弟和其他弟弟妹妹们全都起床，来看三姑父。三姑父从背包里拿出糖来，发给每人三个糖块，给公吉和安吉两包点心，每包点心上面放着一张红纸，这是习俗。全家大大小小就剩三姑没有出来。

三姑父环视一周，不见三姑身影，心里有些发毛，赶紧对公吉、安吉说：“对不住爹和娘，我这么长时间在外面浪荡，没能来看望您们；也对不住三妹妹，没能守在她身边，让她跟着我守孤独，担惊受怕的。”他起身来再次给公吉和安吉跪下不起。

这时四姑跑去叫三姑，不一会，三姑穿着那身四蓝布旗袍，出来站到三姑父前面，扯扯姑父的衣服说：“起来吧！爹娘又没有怪罪你。”

三姑父还是不起来，三姑伸出双手给姑父，姑父立即握住三姑的手站起来，对三姑一笑！三姑的脸立即红彤彤的，啊！三姑还是那么的美丽。自满叔找到三姑父之后，三姑的心情好了起来，重现婚前美貌。

娘和满婶端来菜和饭，我提壶热酒过来，公吉、安吉、爹、满叔和我围桌陪三姑父喝酒吃饭。

三姑父说：“我不打算出去了，以后就在家尽孝和陪三妹妹，农耕细作，养家糊口。”

公吉、安吉连声说：“对、对，好、好。”

饭后，大家边喝茶边聊了一会儿，三姑父对三姑说：“你去收拾一下衣服，回家吧。”又对公吉和安吉说：“爹、娘，三妹妹在家住了几年，麻烦您们全家人照顾，改天我和三妹妹一起回来答谢。”

公吉说：“哪里，哪里啊，三妹子在家帮家里做很多的活，不是闲人，是家里的主要劳动力呢，快别多想，你回来了好好待她，我们就放心了。”

安吉说：“三妹子啊，回去了，要好好的孝敬公婆。”

三姑说："嗯，我会的。改天回来看爹娘和大家。"

大家送走三姑和三姑父后各自回屋睡觉。

今天腊月二十四，是打扬尘的日子。这里习俗是：七不打八不舂，二十四日打扬尘。扬尘是指灶屋做饭烟熏火燎一年来落下的灰尘。长期以来的地方习俗规矩，是在"灶王爷"上天后的第二天打扫扬尘。"七不打八不舂"是指腊月二十七不打扬尘，腊月二十八不舂米，否则没时间准备除夕和大年初一至初五的菜肴。

娘和四姑把灶屋的所有用具搬到坪里，洗涮、清理干净。

我戴上斗笠、披上风披、系上围裙，再用汗巾捂着鼻子和嘴巴。先用竹竿的一头绑上竹枝扫帚先扫一遍，然后再绑上芒花扫帚扫第二遍，屋顶、屋梁、墙壁通通扫个遍，最后清扫地面，把扫出来的灰尘装到袋子里，是最好的肥料呢。

扬尘的用处有很多。如果夏天中暑，用扬尘加雪水和成"泥粑粑"，贴在心窝上，贴上半个时辰拔起，拔起时还能看到拔起来的毛呢，这样身体就能完全恢复，整个夏天都不会再中暑。用扬尘加在干凼粪中种植苦瓜是最好的肥料，结出来的苦瓜极下火；苦瓜叶子揉出汁，用来抹夏天长出来的疮、疖、痱子，疗效甚佳。

今天二十五，是家里洗蚊帐、被单、床单等大件的日子。娘把所有的澡盆和大水桶都倒好稻草灰水，准备给大家泡洗蚊帐、被单、床单用。过年洗大件，一般都是男人用赤脚来踩，男人提去塘里涮干净、拧干。我和满叔都来帮忙踩洗，一人站到一个大脚盆里踩。太脏的地方用茶枯皂擦一擦，再用手搓掉脏然后再踩。边踩边翻，踩干净，踩白，再提到上茶塘里涮干净，两人一人抓一头拧干水，放大水桶里担去晒谷坪凉干。

在晒谷坪上搭几个三岔木棍架，三岔架上搭上竹竿，把蚊帐、被单、床单搭上去晒干，搭展，拿针线将两头缝两针，以免被风吹落。

下午堂客们把晒干的被单收来缝被子。我和满叔在院坪里搭起三副门板缝被子。娘、满婶、四姑三人并列，相互帮助摆正被单、被子和被面，然后比赛谁缝的最好，谁缝的最快。那也是农家最靓丽的一道风景画卷……

腊月二十六日，是堂客们给家人试穿新年缝制的新衣服和新鞋袜的日子，有不合适的地方再作修改。弟妹们穿上新衣服就不想脱下来，娘说："扣子才画线，还没缝呢，快脱下来……"

爱打扮和淘气的弟妹们这才将衣服脱下来。

立秋赤云宜粟谷　北风谷贵西风雨

八月东风人多病　南风秋旱欠收成

（天象气候农诀）

爹爹百歲照

第八章

五月：端阳有雨是丰年　芒种闻雷美亦然

夏至风从西北起　瓜蔬园内受熬煎

（天象气候农诀）

除夕，一年的最后一天早上，把晚上炖好的猪头、鸡和蒸好的鱼摆到正堂屋台阶下面的香烛桌案上。公吉、爹爹、满叔和我四人一齐上香，一齐跪拜天地神灵。正堂屋里的八仙桌上也摆好九个菜，九碗饭。然后我们一起转身进正堂屋，上香跪拜老祖宗牌位。拜毕，全家大小到西堂屋吃早餐，西堂屋里摆放着两张八仙桌，大家按辈分坐下吃除夕早餐宴席，相互说一些一年里头每个人的辛苦、功劳，这宴要多吃些，并要相互敬菜等。

我家的规矩是：除夕三顿饭和大年初一三顿饭，全家大小必须都在一起同时举筷子吃饭。这是祖辈传下来的规矩，大家互相敬菜，其乐融融。

早饭后开始烧“年猪”。我们把做饭后灶里的红炭火铲到土砖围炉里，加一些“松鸭坨”，然后再把满叔挖的大枯树“年猪”（蔸根）放在上面，让其慢慢地点着，慢慢地燃烧，要燃至初二的早上不熄灭才吉利，表示一年都会红红火火、顺顺利利。烧“年猪”也叫烧财猪，烧“年猪”的事交给娘、安吉、满婶看着，以免熄火。

我和爹爹带上白达子、达耳子去狩猎，我们带上猎具、猎枪等，向山上出发……狩到一只野兔，打中两只野鸡。

而后，我们爬到离家坳上的那片不长草木的乱石山坡上，这片乱石坡的地方曾经有很多的雄黄石和硝石，到山上狩猎的人们经常来这里挖采寻找雄黄石，但经过天长日久的挖采，雄黄石已剩下无几，非常难找。我找到几块拿来给爹爹看，爹爹说：“你看这块石的雌黄成分太高，不能用；这块还可以，不过要参到雄黄成分高的里面才能用。”

最后，我们找到两块雄黄石和一块稍大些的硝石。爹爹说离家坳的那个石屋（山洞）里可能有雄黄石和硝石，这个洞穴很深，有几里地长，爹爹不让我进去，说是怕里面有蟒蛇和野人等。

我常听太吉吓唬喜欢哭的弟妹们说：“快别哭，哭声大了野人听到会把你抱到山洞里去的。”

我还听公吉说过，祖上有人见到过野人，浑身是毛茸茸的，红头发，个头和身形比一般人高、宽，嘴巴长而有点噘起。公吉和爹爹两人进去过，洞里面没有一人高，也很窄，猫着腰走了有几丈远，越往里走越窄，阴风一吹，火把熄灭了，不敢再往里面走就出来了，以后谁也没有再进过洞。

我们带着狗，提着猎物高兴地回家。

爹爹把雄黄石和硝石分别收藏好。总算有收获。

下午，我们将野兔宰杀、剐皮、取内脏、翻肠肚、清洗；用开水烫野鸡去毛、取内脏、翻肠肚、清洗等。然后分别炖熟，将血、肠、肚等做成杂碎汤，这是年夜饭下酒的美味佳肴啊。

除夕守夜。大家都围着“年猪”火炉坐着烤火，最小的弟妹们也都打起精神不去睡觉，正妹眼皮快合拢，二弟伸手捏一下正妹的鼻子；最小的四弟，坐在我怀里，翻来覆去的挪动；都强打精神守压岁钱等红包。半夜了，安吉端着茶盘出来，里面放着同样大小的红包，从最小的四弟开始发红包，孩子拿到红包说声“谢谢”，跑回去睡觉，把红包压在枕头下面。

安吉从袖口袋里拿出五个大红包，先给娘和满婶，后给我和爹爹、满叔，每人一个。公吉说：“这是我和你娘的私房钱，你们一年来都辛苦了，压压岁，意思意思。”

啊，沉甸甸的，是大洋哎。这就是压岁——今年压到明年。

大年初一雪花飘飘，看来二月雨水多，今年要大旱。农家要在春季多蓄水防旱。

早餐后，除堂客们外，男人们和伢子、妹子们一齐踏雪上坟山里给祖先拜年。

满妹和正妹穿着娘缝制的蓝色印花衣，扎着小辫，系着粉红丝绸带，踏着小木屐，小辫随着身子的扭动一甩一甩，粉红色丝绸一晃一晃的，真是活泼可爱；三弟骑在我的脖肩上，四弟骑在爹爹的脖肩上，俩人穿着新衣，手舞足蹈地喊“驾、驾、驾”，满是欢乐；满叔提着香、烛、钱纸、祭品等，一行喜笑盈盈地给老祖先拜年。

回来后我们再去邻里乡亲家拜年，先去上屋里细阿公家拜年，又同细阿公的伢子们去唐大阿公家拜年，再与唐大阿公家的伢子一齐去其他几户拜年。上午在冲里拜年一圈，下午去冲外拜年。成群结队、嘻嘻嚷嚷，同进同出，从这家窜到那家；平时有隔阂的人们，一切恩、怨、情、仇，在初一这一天都一谈一笑化解。新的一年开始，用新的面貌生活。

初二开始走亲戚。初二是阴天，地上的雪已经融化，砂石路干得快，没有积水、没有泥泞。本地的“对子花鼓戏”，先来我家，演唱五支花鼓后，爹爹递了红包。然后他们去其他六户绕着演唱一圈，出冲继续演唱，一般演唱到正月十五。我家几乎天天都有来演唱的对子花鼓，非常热闹。

正月初六，我清早起来看到漫山遍野白茫茫的一片，老天降了一夜的雪，真是现代书上说的：地上白了，树上白了，房子上也白了。听到爹爹在喊我：“云大伢子！来穿上兔毛皮夹背心，打猎去。”

我边答应边往爹爹屋里走：“哦，来了。”

进屋一看，爹爹已经穿戴整齐，看到爹爹这个样子，我忍不住笑起来：“爹爹，你真帅气，像个年轻人。”

爹爹也开玩笑说：“是啊，四十了，现在不年轻一下，更待何时？”说完他举起皮毛背心：“来，穿上，我看到茶林寨上有野物，像是山羊，成群结队，下雪天全出来觅食。”

爹爹正说着，满叔也穿戴好打猎衣服过来说：“今天一定要活捉几只山羊回来，咱们和上屋的弟兄俩一起去。”

我说：“哈哈，今天是大围捕啊？”

满叔说：“差不多，冲里谁想参加都行”。

冲里其他五户也陆续出来人，背着枪，牵着狗，啊！坳嘴弯外也来了一群猎人，队伍越来越壮大。大家不约而同地去围捕山羊，看来这群山羊羊命不保啊。

我们形成左、右、下三个方向往上围捕，刚到山腰，看到寨顶上有人影晃动，原来是寨那边的人打猎赶过来一群山羊，加上这面的山羊，形成这么一大群。今天是毫不夸张的、实实在在的大围捕，山羊的厄运来临了。

我们慢慢地往上赶山羊，寨上的人慢慢地往下移动，我们赶着山羊往林子低而空旷的地带走，寨上面的猎人也随着往这面汇集。一只长胡须的大公羊，昂起头：“咩、咩、咩。”其它山羊都向它靠拢，这时我听到寨上的人说：“大家一齐开枪，我喊到三就开始，但是，也要留下一部分，不能绝种啊。”

我爹爹大声回答：“对，不能绝种！你喊数吧。”

那人大声喊着：“一、二、三！”

大家几十条枪齐鸣，“啪、啪、啪……”

一只只山羊倒下，伤着腿的山羊不能跑，被打死的山羊不能动，被打伤的山羊躺在雪地里直叫喊“咩、咩”……

没中枪的山羊趁机乱窜乱跑。有的大山羊跑出包围圈逃命，有的小羊跑到猎人前被抓，有的山羊被猎狗咬伤动弹不得……

围捕结束，大获而胜。在围捕中，打伤、打死一半大山羊，人们捉住二十来只活幼羊，看似收获不小。但是，这是我狩猎以来看到的最惨烈的残杀，非常残酷，至今仍心有余悸……

我家分得一只死羊、一只伤羊、两只活的小公羊。

爹爹说："两只羊仔饲养着，等长大后宰杀着吃，那只伤了的山羊，等一会宰了。"

公吉给大姑、二姑、三姑家都分些山羊肉，自己家炖一大锅，正好舅公来家给公吉拜年，也给舅公分了些山羊肉带回去。

人们常说正月十五闹花灯。我和爹爹、满叔每年正月十一出去舞狮、舞龙灯，舞到正月十五。既热闹又能和乡亲交际，也能交朋结友，增加社会经验，是一年里非常有意义而珍贵的几天。今年也不例外，十一这一天，下着毛毛雨，我和满叔跟着舞花灯班子走，今年爹爹戴孝不再去玩花灯。我们班子里的每个人都要请全班子的人吃上一顿饭，舞到离谁家近，就在谁家吃饭或夜宿。第一顿饭是在我家吃的，我们一直舞花灯到正月十五的晚上深夜才回家，结束春节中的过年。

农家的正月，窜亲走戚，交朋结友。过得丰富多彩，欢天喜地，喜气盈盈……过了正月十五农家才算过完年。

孩子们正月十六这一天开学，正妹子那黑油乌亮的头发上戴着花卡子，显得更漂亮，背上娘新缝制的蓝色书包，跟二弟一块，精神抖擞地去上学，她是我们家第一个上学的女子。

正月十六以后，我们开始选种谷和备耕农田。白天在田里干活，晚上在家里挑选种谷，把种谷里不好的谷子和杂种谷挑拣出去，选出粒大、粒长、饱满的谷子做种谷。

水稻春耕耕田前的准备：

清除杂草：薅田旮旯的浮土和田塍上的草皮土等，田塍面上和里面都薅、挖。然后将薅出来的草皮子土放到每丘田截出来的沤凼坑坑边堆着，准备为晚稻的沤凼粪备料，砍掉田塍上长出来的柴草。

田塍修复：用锄头的头部锤田塍里面，一般两人对着锤，将田塍锤紧，使其坚固不漏水；锤田塍时，俩人还不时地喊号子，指挥着怎样锤：你锤上边、我锤下边、你后退、我前进等。等犁田、耙田、耘田、平田之后，再用四齿耙头挖上田边的泥巴培到田塍上和田垅边上，再用木板上下抹平、抹紧泥巴，成直角。把薅掉田塍草皮的那部分补回来，每年薅掉再补回，去除田边杂草的同时，保持田塍年年都是一样的宽度。

梯田的田塍长又高，田面窄，修复难度大。田塍石头松动处，必须重垒加固。每年春季修复田塍需要耗费很大的人力和时间。

但是，田塍必须做扎实，如果修复不到位，春雨、秋雨、山洪爆发等都会使田塍垮塌。更加重人力、物力和时间的耗费，对粮田收成损失更加严重。

施肥：犁田的前几天，将牛粪、猪粪、沤凼粪担至每丘田里，再用锄头挖散开。牛粪草、猪粪草都已经沤熟，不会挂着犁、耙。

堂客们正月十六以后，也开始纺织做夏季衣服的布料。每年春季新长出来的竹笋要掉下笋壳，我们捡来竹笋壳做纺线纱绽的芯，把淡竹叶珠籽中间的芯抽出，将珠子串进纺针里，挡住线不要超出淡竹珠；把笋壳剪成能包住纺针的宽度，长度略短于纺针尖至淡竹珠这一节，留下纺针针尖一厘米不包，拿棉花条子用手捻出一节线来捻在纺针尖上缠几圈，然后纺一手线把笋壳固定好，就开始纺线。

纺出来的纱绽再攸到攸子上，把所有的攸子排好，再牵引成经线。有的把部分经线染上朱红色（朱砂石水浸染）、栀子黄色（栀子籽水浸染）、腊籽籽色（野烟叶子水浸染），灰色（杂树叶子水浸染）等。再上织布机织布，织出带颜色的格子布和花布来。

正月二十五，家里又添一喜，满婶生了一个胖伢子——老五。安吉拿出一只空茶碗来让三弟、四弟每人往碗里面撒泡尿，在尿碗里加上用开水化开的红糖、片糖水，让娘端去给满婶喝。我正纳闷，安吉说：“童子尿，治产后血气痛。”

童子尿的用处很多，手、脚受伤后用童子尿冲洗伤口，可以消毒疗伤；产后喝童子尿可治血气痛；胃痉挛时喝童子尿可舒筋活血等等。

正月二十八这天，老五过三朝。大姑、二姑、三姑、舅母、舅外婆等亲戚们都来家里喝三朝酒。喝三朝酒大多是堂客们聚会的日子，与产妇交流经验，讨论月子里该吃喝什么，该戒禁哪些食物和事务等，男人很少参加。

大家正准备吃午饭，华金舅舅突然出现在我家正堂屋的饭桌上，大家又是惊来又是喜，哈！回来当舅舅，真巧。

华金舅舅见到我公吉、安吉说：“伯父、伯母，恭喜您二老又添孙子，二位老人家身体贵安。”

公吉、安吉说：“同喜、同喜，都好、都好。”

公吉接着说："华金，你现在在哪里发财？外面不安宁，你姐常常梦见你在打仗，很为你担心呢。"

华金舅舅说："伯父、姐姐请放心，我在新化，支持农村土地改革运动。"

公吉微笑说："没有上战场，危险小些，听说韶峰那边有个姓毛的搞过农民运动，这个人很会打仗，有真本事，跟着他好好干。"

大家都来和华金舅舅打招呼，你一言，我一语的问长问短。

最后华金舅舅说："我还要出去的，云大你愿意出去的话，我带你一齐去干革命。"在外面闯过的人就是不一样，说话干净利落，铿锵有力。

华金舅舅比我大两岁，和满叔一般大，满婶比满叔大一岁十个月。

我支支吾吾地说："公吉和爹爹同意才行。"

华金舅舅接着说："你十六了，要自己作主，懂吗？"

我看着公吉和爹爹满脸的闷气，已经知道他们不乐意我出去闯荡。长子、长孙是要继承家业的，我只好不吱声。

满叔开口了："华金啊，你走了这么久，没和你姐姐商量，一个人出去闯荡，有个好歹的，你姐姐怎么对得起你过世的爹娘啊？回来就别走了，就在家吧！"

华金舅舅说："姐夫你没出去过，不知道天下有那么多的男儿英勇奋战，不怕流血牺牲，打走日本鬼子，又与蒋介石斗争到底，你们在家享乐，不觉得惭愧吗？"

满叔说："我是农家人，在家种好地，养家糊口是我的本分，其他的与我没关系。你也一样，本本分分地在家做农活吧。年纪不小了，娶房堂客成家吧！”

华金舅舅看看满叔，然后巡视一周，说：“对不起大家，我明天要去湘潭开会，今天是特意回来看大家的，这个会议我不能缺席，关系到咱们农村劳苦大众的前途。”停停接着说：“拜托伯父伯母及姐夫照顾好我姐姐，等革命完全胜利了，我就会回来本本分分的耕田种地的。”

公吉说：“华金啊，你有这份胸怀，伯父我支持你，去吧！不能给家人丢脸，好好干革命，让农家人过上安稳日子，也是我的想法。你姐姐在家里很好，你放心的去吧。但外面很乱，你自己要多加小心，多多保重啊！”

我听了华金舅舅和公吉的谈话，真是心潮澎湃，思量着：唉，开春了，农田里的活太多——不然，我也跟着华金舅舅一起走……总有一天，我也要去闯闯的。

华金舅舅和我共睡一床，他说到干革命，有干不完的活，使不完的劲，新化那边已开始“打土豪”分田地。

我问：“舅舅，像我家算不算土豪？”

华金舅舅说：“不算，你们家属于自耕自种的农户，住宅房屋也没有围墙，只能说是一般的中产阶层。你家的资产，是祖祖辈辈的辛勤劳动，亲手一点一滴积攒扩大而来的。与剥削别人劳动的地主、土豪不一样。”

我说：“原来是这样，我心里一直认为我家的田地也要交给穷人耕种呢，那我要是参加革命会不会批准啊？”

华金舅舅说：“你随时都可以参加革命啊，但是得自愿，没有人强迫你参加，一旦参加革命就不能背叛革命，对革命忠诚不二，勤勤恳恳地为人民服务，为农民过上好日子奋斗终身。”

我说："哦，我考虑考虑。"

第二天早饭后，华金舅舅辞别我们全家人，背着行囊又出发了。

华金舅舅走后，我的心情总是难以平静：是啊，男儿志在四方，我真的就这样守着老祖宗留下的祖业生活一辈子？虽然衣食无忧，但心里边总是空荡荡的，有种向往外面生活的感觉，好像我不是茶塘冲的人；华金舅舅说得好，我十六岁了，是个大男人，自己应该为自己的一生着想，怎样来度过自己的一生……

早春农田的忙碌，不知不觉已到二月初二。人们常说："二月二龙抬头"。我们农家人来说：二月二是浸泡种子、谷子的日子。

今天是"龙抬头"的日子，刚吃完早饭，剃头曾师傅今年第一次来我家理发，也意味着今年一年的理发都是他包干。曾师傅先给公吉洗头理发，这时二弟要去上学，娘给二弟洗湿头等着理发；公吉去洗头时，曾师傅接着给二弟理发……全家男丁都要理龙抬头发。最后给剃头师傅一个红包，而剃头师傅的工钱一般都是年底最后一次理发时结账。

中午二弟放学回来吃饭时，不想吃饭，咳嗽、发烧，是早晨剃头后去上学着凉引起的感冒。娘给二弟熬碗生姜、红糖、紫苏汤，冲一个鸡蛋，二弟喝了之后捂被蒙头大睡一觉，第二天感冒全好了。

我理发后，担出种谷，用几个丝篾箩筐装上多半筐种谷，上面盖上木板（锅盖）盖好，再压上一块石头以免漂浮，把种谷箩筐沉浸到院门口的小池塘里。这个池塘是直壁形的四方池塘，长和宽都五丈左右，有两米多深的水，塘底还浸泡着一尺多直径的圆木，圆木是用来制作雕花床等用品的。

种谷浸泡一天，提上来再倒进三十五至三十八度的温水里浸泡，半小时后捞出放扮桶里，然后用浸泡种谷的温水泡湿稻草盖住种子，要盖半尺来厚的稻草，时常往稻草上喷温水保湿、保温。

在浸泡种谷的同时，我和爹爹已经将种子田施肥，一般用的是沤腐好的人粪便，长出来的秧苗青壮。爹爹把种子田耕、耙、耘、平好，我每隔一米二挖一条一尺宽的沟道供人行走，一块一块的种子田就耕出来了。

种谷捂两天发出萌芽，我和爹爹、满叔三人往秧田里的每个田块播种，播种时不能碰伤新发出来的芽子。不到两个时辰就播种完了。

各种蔬菜种子也浸泡发出芽尖，我们把菜土里施上发酵捂熟的鸡粪便和干凼粪，将种子分门别类播种到土地里。春季的播种就结束了，平时来浇水、拔草即可。等到苗子长至三寸高，移植到大片的土地里栽植，培植至开花、结果。

二月初八晚，母猪产下十一只小猪，爹爹守了一夜。公吉早上把猪包衣（胎盘）拿去坝港子里洗干净，用绳子系好挂到围炉子的梭筒钩的梭筒上节，自然熏干，熏制成腊菜，炒着吃；也留下一些炖冬瓜吃，猪胎盘很好吃，营养丰富，还美容。

小猪眼睛还没睁开，到处爬着找奶吃，爬到母猪旁边时，母猪用猪蹄把小猪拨到母猪肚皮那边，小猪刚挨着母猪肚皮就闻到猪奶味，疯狂地找奶吃，你挤我，我挤你的。十一只小猪排成排，嗯嗯地争奶头，天生就会吃。十一只小猪的皮毛都是白底黑花，花色略有所不同，排在一起还真像一块黑白相衬托的印花布呢。

我们开始杀红花草。红花草，又名紫云英，是越年生长草本植物，多在秋季套播于晚稻田中，作早稻的基肥。红花草除用作绿肥外，还能直接杀割来喂养猪、牛，营养价值颇高。

红花草的根部像网一样散开生长，肉嫩吸土，它使所到之处的土壤形成团粒结构，是松土的好肥料。

红花草的秆非常鲜嫩，我们有时候还在田中折红花秆生吃，秆儿脆嫩，味儿甜。现在红花草的花儿已开满田野，宛如紫云，煞是好看。

我们商议预留三亩田的红花草做来年种草籽，其他十二亩红花草田全部杀割，把割下的红花草担至下茶塘上下的泊水田里作肥料。杀红花草，担红花草，我们忙了近六天才杀割完工。然后把担到泊水田里的红花草散开，再用自己的脚将散开的红花草一一踩进泊水田的田泥里面捂沤着，等插秧前耕田时快沤烂，也是松田泥的基肥。预留的三亩红花种子田，将来用作插种中稻的红米稻谷、糯米稻谷和播种晚稻种谷的秧田。

在秧苗生长的过程中，我们除去麦地里的杂草，再把麦苗压一次土，使麦苗散开来生长，长得粗壮些，并施一次肥。

我家祖先在坡上垒埂塝分上、下两个园子。上坡园子大，有六亩多，往年都是换季种麦子和红薯；下园子小而平，一般种芝麻、花生、长山药、棉花。

麦地在上园子。我们四人分工：我和满婶在前面扯草；公吉在我们后面施肥；爹爹在公吉后面铲土散压土，使麦苗散开生长。我和满婶全部扯完草后，来帮爹爹压麦苗，做了五天才完工。有些杂草能养猪，大多数杂草用来喂牛。

我把下园子里的两片地挖好，打好眼。和满叔一起担上土粪肥土，来种三分左右土块的花生，二分左右土块的芝麻；草塘上面二亩多土块也挖好种棉花。俩人边放籽，边盖土。

满叔骂野鸡、乌鸦、喜鹊："你们八辈子没吃过食呀？还在种呢，你就来啄食。"

我挎起鸟枪："来尝尝铁蛋蛋的厉害。"啪！沙沙！噗嗤、噗嗤，鸟儿大都飞跑，仅一只野鸡被打得半死，还在扑呀扑的。

满叔飞快跑过去捡起来说："嘿嘿，你命短，哟，蛮重呢，反应慢，没飞起就中枪。"

我说："你看，又来了几只，真的是不要命，再让它们尝铁籽吧。"

满叔说："行了，别打了，你就是打光铁籽，也打不绝，咱们浇水后土湿了它们就不好啄食了。"

我们把花生地和芝麻地用竹枝和木桩围起来，山里的野鸡过多，喜欢来刨种子吃；其它乌鸦、喜鹊它们不像野鸡刨开土啄食，而野鸡飞不高，围住即可。之后砍一些杉树枝把棉花地盖住，杉树枝浑身都是刺，野鸡怕刺，不敢来刨，如果刨开一点发现是棉籽野鸡便会走开；并且用杉树刺盖住棉花地后土质干得慢些，便于棉籽发芽生长。

下园子芝麻土旁边还有半亩土块种的是长山药，长山药不用每年重新种植，只需要每年立冬左右用稻草盖住土块，再薅上过道上的草皮子加盖到稻草上保温即可，来年自然发芽长苗，及时来拔掉杂草。秋季挖出长山药来做菜吃、做药用均可，小的山药留在土里做来年的种子。

长山药土块旁边有一口一丈左右的四方井，山上的流水和山里的浸水能供这些土地全年的用水。夏天人们干活口渴都喝这井水，甘甜润喉，干净卫生。

井的旁边有一条小山溪，长年有水流动。平时天热出汗时，我们常在这里洗手、洗脸、洗山野果吃等。

秋风小雨阴天吉　东风五谷不结实

西丰北寒南暴风　西北风向有掠劫

（天象气候农诀）

第九章

六月：三伏之日逢酷热　五谷田禾多不结

此时若不见灾危　定主三冬多雨雪

（天象气候农诀）

春耕正式开始，今年有二十七亩早稻田要耕种。

早稻田开犁：我和爹爹、满叔穿着蓑衣、戴着斗笠一起耕田。我们爷三个犁田的犁田，耙田的耙田，耘田的耘田。

当地有两种斗笠：一种遮阳斗笠叫尖斗笠，上尖下圆是倒锥形，能遮住脸、脖防晒；一种叫雨斗笠，是用薄竹篾编织而成，用桐籽油油漆至不漏水，平顶至肩宽，一般是下雨时戴雨斗笠，和蓑

衣配套穿戴。

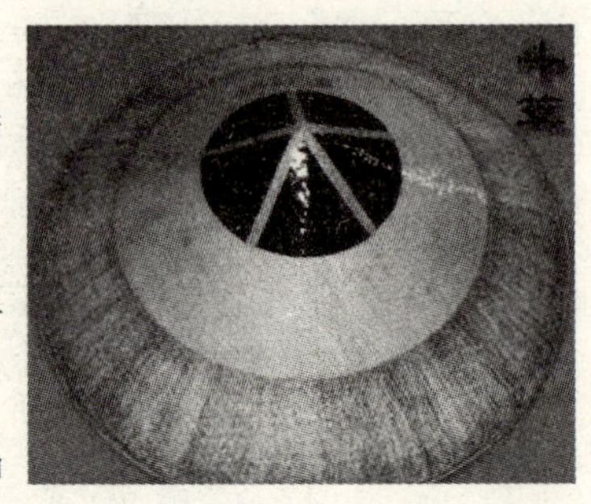

爹爹在茶塘冲里犁田，我和满叔去耕耙坳嘴弯的十五亩泊水田，我耙完一丘田，满叔接着来耘这丘田，三个人做起了流水作业。

满叔耘着田，还时不时地唱唱山歌，哼哼小调，最多的是骂牛。我从来不会骂牛，更不会骂人，可能与我七岁才回到家里来有关。我对家一直存在陌生感，做错事时常自我责备，处处都放不开，也许跟爹爹对我的严格要求也有关系。我们很快就把二十七亩水稻早稻田耕耘出来，只需要打滚平田就能插秧。

爹爹负责打滚平田，我们扯秧插田。

秧苗也长到一拳头高。爹爹牵一头牛，扛上平田板来平田，我和满叔、四姑一起先去扯秧。不由得想起“僧契”的插秧歌：“手捏青苗种福田，低头便见水中天；六根清净方成稻，后退原来是向前。”洗秧时要洗干净秧根，洗净秧根有利于秧苗生长。我们当地常说“后退原来是向前”这句词，作为人前别逞强，后退着插秧却是在前进，退一步天地宽阔的做人道理。

插秧

秧田洗秧水深,水里蚂蟥听到水响声,游至温暖的腿部吸血，吸饱了会自然脱落。如果用手拔扯它，会越扯越长，滑溜溜的，心里好作呕，拔掉后腿上会流一阵血，流出的血比它吸饱脱落的血还多，所以经常让它们吸个够，吸饱血的蚂蟥像个小橄榄球，自然脱落至水里。

爹爹平好一丘田后，我们担来秧就插田。公吉也出动来帮着担秧、抛秧，二弟和正妹在农忙时放假，也来学着插秧。我们顶着风雨，冒着春寒，有时水稻田里的水还有些刺骨呢；下雨时，背上的蓑衣很沉重，一直弯着腰插田，真的是腰酸背胀；农民有惊人的耐力，无论耕种中遇到何种困难，他们都会用无限个坚持再坚持，克服一切困难。

农忙时，娘和安吉会给我们做些好吃的菜。如有腊肉、腊鱼等菜，米饭底下没有了蒸红薯，生活上要比平时好很多。从开始犁田起，每晚睡觉前都会给我们犁田的人吃红枣、桂圆煮鸡蛋，以保持体能，犁田确实辛苦，每天下田张犁不久浑身都是泥水，早春天气比较寒冷，赤脚犁田的那个冰冷是一般人体会不到的，上来在田塍上抽口烟，身子都发抖。

经过七天时间的辛勤劳动，二十七亩水稻田全部完成了插秧，几年来，我只知道埋头苦干地做农活，从不会欣赏自己辛苦之后的成果。今天我要尽情地欣赏：看着稻田里左右成行、高低整齐的禾苗，就像整装待发的士兵。层层梯田衬托着一片片淡绿色的田园，好美啊！

春天雨水多，一晚上要下不少雨水。天上下的雨水、山上流入田里的水及山浸水，使得水田里的水太多，而水田的水不能太满，我每天早上要沿着田塍巡看一次早稻田里水的深浅，将田里的水放成刚好淹着泥就好。

插完田后，开始挖菜地种菜和准备种菜土的肥料：

这两天雨停了，春天的太阳暖洋洋的。我和满叔抓紧时间用四齿耙头把菜土翻过来，面上的土翻到里面，里面的土翻到上面来，晒上一天或两天，使土质松散些；以种三眼菜为一块菜地，把翻晒好的地从头往后像梳头发一样梳平土；在梳平的每块土上，再用锄头横挖三个种菜眼子，竖着对齐前面的三个菜眼，向后挖成三列的菜眼，每个菜眼相隔大概一尺半远。

把晒干的沤凼粪捣成细碎块，加入捣碎的茶枯粒粒和山里的黑沃土，搅拌成粪土肥料。粪土肥料中加入茶枯除虫，因为鲜嫩的菜苗根是肉虫子最爱咀嚼的植物，茶枯是杀死土里肉虫最好的“毒药”，尤其是茄子苗和辣椒苗是肉虫依赖食物，只要苗根坚硬了，它们便无法咀嚼，遇到茶枯也自然死亡。所以茶枯既是除虫剂又是上好的含磷肥料。

在每个菜眼里放上多半眼的粪土肥料，再迁移菜秧子来栽好：辣椒树一眼可以栽二至三棵，茄子树一眼只栽一棵……栽完马上浇水，将菜土眼浇透水便可。

日后来浇浇水，松松土，拔拔草。到快要打苞时来盖一次含磷多些的肥料土，畜、禽肥料里数鸡粪含磷最高；施肥后，在菜土空隙中稍盖上些青柴草，再薅些菜土周围的浮土压盖着青柴草，有助于避免雨水冲走肥料和夏季菜地防旱保湿；青柴草是当年长出来的嫩绿柴草，砍割时还有一股很大的青草味，在菜土里压盖的时间长些便腐烂在土里，变成有机肥料；这样，蔬菜结出来的果实非常丰满，也鲜嫩好吃。种完各种菜后早稻禾苗可以作第一次踩田。

早稻第一次踩田——稻田里的禾苗长至五六寸，开始踩田。

踩田之前，把禾田里的水放好，高出泥面半寸水即可，踩完田后三天内不放进水、不流出水。让其浑水沉淀，禾苗充分吸收肥料，闷死虫草等。

爹爹一边散石灰和茶枯除虫，一边施肥，公吉、满叔和我一边扯草、一边踩田，我们在禾苗巷子里排踩五六脚，把杂草踩在泥里，然后用脚侧面刮平脚印泥巴，刮平时把杂草埋死在泥巴里面。

我们踩一丘田，封一丘田的水，肥水不外流或闷死虫子和杂草。近二十七亩水稻田用十多天才踩完第一遍。这时的天气变暖，晴朗的天气多些，有利于禾苗的生长，使禾苗生长得更快些。

早稻禾苗要在小满前做第二次踩田，第二次踩田要施含磷更多些的肥料，对水稻扬花散籽和稻谷颗粒丰满有利。

茶枯里含磷也很高，茶塘冲里六户人家的茶枯，多半都拿来我家兑换稻谷，所以有足够的肥料供水稻田施肥。水稻田里施茶枯，既是肥料又能杀虫。到扬花散籽时，禾穗欠粗壮的稻田再施一次含磷高的肥。如茶枯加鸡粪便等，确保丰收。

南方的春天美丽无比，盛开着漫山遍野的鲜花，走在山冲的小道上，各种花香扑鼻而来：山茶花、栀子花、杜鹃花、蓝草花、杨鹊花、槐树花……

春天，茶塘冲的山坡是花的海洋，百花竞相争放。高低错落、层层叠叠的鲜花，散发出淡淡芬芳的清香，令人心旷神怡……

尤其是茶林寨、茶籽坳、茶籽岭那雪白的山茶花开，更是鲜艳夺目。遥远相看：雪白的寨、雪白的坳、雪白的岭，山茶花把整个山塘冲寨的山坡染成一片片雪白。

茶塘冲里好似世外桃源，生气勃勃，生机盎然，一年四季都有花开：十二月里梅花开，正月里梨花开，二月里桃花开，三月里映山红开……

花朝节——二月十五为百花生日，又称花神节、花神生日、花朝等。节日期间，人们结伴游览赏花，称为“踏青”，姑娘们剪五彩纸粘在花枝上，称之为赏红。有不少人“装狮花”、“放花神灯”。

花朝节，四姑剪了五彩笺系上红绳子，把彩笺结在花树上，双手合拢拜花神，祈求花神降福，保佑花木茂盛。有道是：“百花生日是良辰，未到花朝一半春；万紫千红披锦绣，尚劳点缀贺花神。”

花朝节也是我们家散鱼苗的日子，我把每个池塘里散上些青鱼鱼苗，因为草鱼特多，需要青鱼来吃草鱼的粪便。

花朝节这一天，是我家宗族年后在“白云寺”宗祠集会的日子，每家的长子、长孙都来宗祠登记这一年里新生的后代，上名册、上家谱，讨论排辈分五字的五福字派等。且大摆宴席，按辈分入座，认祖归宗。我从八岁起，每年跟着公吉和爹爹去参加宗祠集会，跟家族同辈的长子一起玩耍，我们用新长出来的粽叶编织蚂蚱、蜂窝、簑窣等，是我童年最开心的日子。

花朝节过后，人们开始拔萝卜，家家把萝卜拔出来洗净，带缨子一块晒蔫，切碎放坛子里腌制成擦菜子储存，炒肉、炖汤均可。一般是没有新鲜菜的季节里吃。大萝卜切成条或丁加红辣椒、长刀豆腌制坛子菜，夏天取出一小碟喷上油吃，非常下饭。萝卜也是喂养猪的主要菜源之一，萝卜菜下滩后，用迟白菜接着喂养猪，迟白菜下滩后用苋菜子喂养猪。

迟白菜也和萝卜菜一样晒干、切碎、腌制储存，做冬季吃菜。人们也用来做梅菜，过年放在扣肉下面非常好吃；白菜干菜子炒腊肉吃，好吃而不腻。白菜干菜子最吸油汁，也特别耐饥、耐饿。

鲜花盛开的时候清明节已到，我们准备好给老祖宗上坟扫墓。

公吉安排："昨天是大方日，大方日至清明节都可以动土修坟。云大，你负责砍山上路边的柴草；全大（爹爹）和四一（满叔）跟我一块修坟。"

爹爹说："您去看看就行，不用您老人家动手，我和满弟一天就能修好。"

公吉说："我是他们的长子、长孙，去拔拔草，培培土，尽尽孝心。"

太吉的墓地是新坟墓，不用拔草，其他老祖宗的墓地都是杂草丛生。公吉、爹爹、满叔还有我，四人一齐给老祖宗们的墓地清除柴草。往山上走的路的两旁，已经长出半人高的柴草，我用柴刀砍平。清明节的前夜给老祖宗送去亮（点支蜡烛），插上一串挂山纸，表示墓主人有后，子孙兴旺。

一般清明节的前一天是寒食，寒食萝卜能治疗气喘病，每年都要用一块地种植寒食萝卜。我把寒食萝卜用竹枝条捆好，挂到西面金墙垛子上的屋檐檩子上阴干。寒食萝卜的根、茎、枝都分别具有药用疗效。寒食萝卜能治疗很多病，如：风湿、风寒、咳嗽、腿抽筋等。

用寒食萝卜的根、南瓜藤上的干须筋、猪腰一个，煮着吃，把猪腰吃掉，能治疗腿部抽筋和经脉曲张。

清明节上午我们全家大小八男，一同去给老祖宗们上香祭拜。

公吉走在最前面；三弟、四弟由我和爹爹牵着走；五弟刚满月，手上系着七彩线，满叔抱着，去请老祖宗赐福；白云寺那边本家族的叔叔、伯伯及邻里乡亲崇拜老老祖宗公吉的人们，其中还有被老老祖宗公吉从老虎嘴里救出的那个人的后代，浩浩荡荡地跟在我们后面去上香跪拜。

而后，大家都来家里吃顿野菜、野花餐，有栀子花、杨鹊花、槐树花、椿、笋、蕨、菇、地木耳等。

午饭后，娘和安吉摆出来很多的零食：南瓜籽、葵花籽、紫苏青梅丝、盐辣椒、油炸红薯片、浸毛桃等。

我和满叔领他们去长石板坡上，滑溜石板踩踩青，摘些春笋、蕨菜，采些菌子、栀子花等回去。

我的老老祖宗公吉，是我公吉的公吉（爷爷的爷爷）做过一件好事：那时家里和现在一样有田有地，老人家却把自家的田地让女婿们耕种，自己去横田弯里打长工，每天要经过“白云寺”上面的那坐高山，山的两头，方圆一两里地无人烟。原本是一条“之”字山路，山套着山，人只能来回绕路走，路两边的柴草很高，大人走进山都很难看见头顶，两个汉子搭伴过山都很害怕山里的老虎和野猪这些大野兽；而且走“之”字路很费时，绕来绕去花费很长时间才能翻越山顶，到达山那边的横田弯。

白云寺山上，山套着山，层层叠叠，是去横田弯的必经之地，山中参天大树林立，茂密的森林深处躲藏着各种飞禽野兽。而且，所有野物都不惧怕人类，一个人上山，基本上是有去无回。

我的老老祖宗公吉身形魁梧，体魄健壮，力大无穷，视听灵敏，身手敏捷，打猎能手，枪瞄得准，从不虚发。方圆几十里只有我的老老祖宗公吉一个人敢闯此山。

老老祖宗公吉见人们爬山很辛苦而常受野兽侵害，便每天背着猎枪，提着钢钎，早上四点多出门去横田弯那边打长工，晚上十点多才回家。打长工来回经过白云寺山时，都要在这座山的两面埋大石头修石梯，从山的两边山脚开始埋石头。天长日久，将这座山的两面都铺成了大石头梯子路，远看就像是上天的云梯。每个石头的重量都超过二三百斤重，有的石头甚至有五六百斤重，老人家将山挖平一条条小道，能让大石头移滚过去，用钢钎慢慢地撬动，移至挖好的坑内，埋成石台。那双手从修山石梯路开始就没有好过,旧伤未好新伤又来,经常碰破，无论天晴、下雨从不间断。老人那种执着和坚持，用他的毕生精力，终于修建成这条石梯山路，造福于一方百姓。

老人家从此成为当时远近闻名的大力士、大好人。

有人问老人家，为什么不种自家的田地而去给别人做长工时。老人说："我做长工时在路上能做些善事，多积德，修好一条路给行人一个方便，对后人好。"

当时，我的太公（曾祖宗）是老人的单传儿子，身得气喘病，常年不能劳动。老老祖宗公吉用这种方式来做善事，使得后人平安、人财兴旺。

果然，我家现在是儿孙满堂，个个体健。老老祖宗去世后，不少知情的人们每逢清明节来老人墓前上香。

每当我出门在外遇到熟人时，熟人总要向别人介绍老老祖宗公吉的这段修大山石梯路的故事，尤其是他打老虎救人的故事广为流传。

白云寺山上常年有老虎出没，经常听到老虎又吃人了。需要过山的人们总是在山下等待人多时一齐过山。

有一天两个汉子等到晌午了，还是他们两个人，便壮着胆子过山，刚上到半山腰，老虎出现了，朝着前面的汉子扑过来，两个汉子用手中的扁担朝着扑来的老虎打去，不一会，一个汉子被老虎咬住胳膊往深山里拖。另一个汉子却慌了手脚，浑身发抖。此时我老老祖宗公吉从山那边下山过来，看到他们路遇老虎，正在打斗，飞快地直奔下来帮忙，看到老虎和人扭打在一起，不便开枪，就直奔到跟前。眼见老虎咬住一个汉子的胳膊往山里拖，老老祖宗公吉边喊另一个汉子，边追老虎："快跟我来！"

这个汉子这才反应过来，赶紧跟着老老祖宗公吉追老虎，山里林多柴密，老虎拖着一个人走得不快，加之这个人也在反抗，另一只手用扁担打老虎，老虎还没来得及换口重咬这汉子的脖子。老老祖宗公吉很快追上去，对准老虎头就是一钢钎，扎中老虎的头部，又很快跑到老虎尾部，抓住老虎的尾巴，老虎这才松开口，丢开那个汉子想返过头来咬老老祖宗公吉，说时迟那时快，老老祖宗公吉用双手顺势掰断老虎尾巴骨，然后悠起老虎摔出几丈远，老虎从树枝上刮落下来，痛得老虎张开血盆大口倒吸寒气，立即回身，跃身扑向老老祖宗公吉。此时，老老祖宗公吉举起了枪。老虎已是头尾都受伤，见三人打它一受伤老虎，见势不妙，赶紧逃跑。老老祖宗公吉举起的猎枪一声响："啪！"老虎应声倒下，老老祖宗公吉近前仔细打量老虎，确认老虎已被打死，上前绑好老虎的四条腿。那汉子的胳膊被扯起一大块皮，一小块骨头断裂，另一汉子帮伤者把骨头接好，把皮敷上去，包扎住伤口。

三人抬着老虎下山，一路下来，总觉得有老虎跟随，公老虎被打死，母老虎决不会就此罢休。老老祖宗们来到白云寺，把老虎交给白云寺祠堂。然后，老老祖宗公吉去山边采集草药，回来给伤者敷上草药，又请白云寺掌门安排熬草药给伤者喝。

老老祖宗公吉嘱咐这俩汉子："你们身上已经都有伤，近期不要过山了，死了只老虎，其他老虎是不会放过人们的，就在山里悄悄地等着呢。"

老老祖宗公吉又对掌门说："请贴告示，告诉要上山的人们这几天不要过山，等我叫几个朋友来狩几次猎后，再过山不迟。"

老老祖宗公吉回来组织了一支强大的狩猎队伍，第二天就上白云寺山上狩猎。

老老祖宗公吉嘱咐猎人们："只驱赶老虎，不要再打死老虎。"然后又说："我准备修这条山路，等路修好后，老虎就不敢再来吃人，人们也好经过。"

打这以后，老老祖宗公吉修石梯路的信心更足了。老老祖宗公吉找到山主人，是本家族，商议修山石路，并付款买下直通山顶的林木，将其砍伐；也用同样的方法去山那边的山主人商议修路事宜。在修石梯时，老老祖宗公吉特意将石梯两旁二丈远的小树、柴连根刮出，而后铺成沙石坡。一是移石头时方便，二是留下宽阔的空地，老虎也没法直赴吃人。

我每次路过白云寺这座山时，心中的那种喜悦和自豪感油然而生。

横田弯那边的人们至今还有一段传说：从横田弯那边上山到半山腰时，看到一块形似棺材的长方形大石块，就像临空架在山巅，人们传说那是我的老老祖宗公吉的棺材，老人的阴灵就睡在这口石棺材里面，常年守候着这座大山，老虎成为老人的宠物。每当人们过山时，只要老虎冲出森林咬人，他老人家就会架着石棺把老虎扣在石棺材下，等人们过山后再放出来老虎。因为老人生前打死过老虎，不想人们再伤害和打死老虎；也不想让路过此山的人们再受到老虎的伤害和惧怕过山。

自从“白云寺”山上有了这条石梯山路，就再没有人受到老虎及其他野物的侵害了。

“白云寺”山上这条石梯山路，道路两旁的杂草经历天长日久的风吹日晒、雨露滋养而日渐茂盛，却一年一度复生复死，永远只会爬地生长，给人脚下铺一层绿茵。这条石梯山路，现在依然给需要路过的人们提供着方便。

立冬属火无雨雪　立冬属水春雨多

西北白云宜生麻　无云大寒人疾多

（天象气候农谅）

第十章

七月： 立秋无雨甚堪忧　万物从来只半收

处暑若逢天下雨　纵然结实也难留

（天象气候农诀）

三月里漫山遍野全是花：白色山茶花和栀子花、红色杜鹃花、黄色杨鹊花和老太花、淡黄色的槐树花、梅红色的月季花、紫蓝间白色的蓝草花……五颜六色的花，数不胜数的花。

山茶花又名茶树花、茶籽树花。每到茶籽树花开的时候，每朵茶花里都有蜜蜂采蜜，有时一朵茶花里面有几只蜜蜂。蜜蜂那毛茸茸的腿上沾满茶花蜜，嗡嗡地唱着歌，飞去蜂巢放下，又回来采蜜。蜜蜂非常聪明，识途、识花、识蜂巢，对自己的蜂王特别效忠，从不飞错蜂巢。蜜蜂也很排外，只要不是它们的家庭成员，它们会一致对外，驱赶出去的。它们在外采蜜时，只要你不去搔扰它，它是不会螫你的，非常温顺地忙着采糖酿蜜。

茶花盛开的季节是蜜蜂最繁忙的时候。我家西堂屋侧房的南面墙垛子屋檐檩上，架着一只喂牛草的大木桶，专供家养蜜蜂垒蜂巢的。

前年，这窝蜜蜂巢穴里又产生一只蜂王，真是一山不容二虎啊，打斗数日，这只蜂王只好搬家到我家东屋边上池塘边的那棵老槐树上，这棵老槐树上边有个大树杈，就在树杈中间垒蜂巢窝。从此，两窝蜜蜂各自繁殖后代，各自采花奔忙产蜜。

每当爹爹取蜂蜜时，都头戴斗笠，用一块布或衣服捂到脖子上系紧，手上抹上蜂蜜，慢慢一层一块地将蜂蜜切下来，将有蜂卵的部分再沾到蜂巢上，慢慢地又形成一层蜂巢窝。我家的蜂巢窝能供给全家人的日常享用的蜂蜜。

茶籽树在花开的时节，它的树枝和嫩叶还结一些“茶泡泡”，摘下“茶泡泡”放入嘴里吃，既脆又甜还解渴。有纯白色的、有茶树干色的，也有比茶树叶子稍淡一点的绿颜色的。有的“茶泡泡”长得比鸡蛋还大呢，大多数茶泡泡是白色的，像雪一样的白。

茶籽树结出来的果实叫茶籽。茶籽主要用来压榨茶籽油（清油），是当地最好的优质食用植物油。人们常用作食用油、点神油灯、车轴润滑油、调制雄黄油等等。茶籽油的用处非常多，营养丰富，富含大量的维生素和微量元素。

茶籽油主要用于食用：人体易吸收、改善血液循环、促进消化、增强内分泌、强化骨骼、补充维生素；具有防辐射、抗衰老、保护皮肤、减肥功效等。

茶叶树——茶叶树比茶籽树矮很多，主要用来采集茶叶。一般最高一米半左右，枝叶非常发达，繁殖茂密。

茶叶树开花晚一些，以摘取茶叶做成人们泡水喝的茶叶为主。二月、三月是摘茶叶的最佳时期，二月的茶叫毛尖茶，茶叶没散开；三月的茶叫毫茶，刚散开两叶；二、三月的茶只能用八十五度或低于九十度的开水泡茶。四月的茶是叶子相对大些的茶，人们常称之为碧螺春，是普通好茶。

每年这个季节我们清早挎上茶篮，担一对箩筐，上山摘茶，有时摘到九、十点才回家吃早饭。摘回来后，在锅里炒蔫，放到大茶盘里踩茶，一般是男人赤脚来踩茶（揉茶），挤出茶叶水分，然后用谷糠皮或风树疙瘩点着（非明火），熏干，我们当地人喝的茶就是这种熏茶，很少有人喝绿茶。

茶叶树的茶籽要比茶籽树的茶籽小，一般形状是椭圆形粒状，有点像龙眼。比茶籽树的茶籽成熟稍晚些，壳薄，出油率也很高，油质优良，营养极为丰富，与茶籽油不相上下，只是产量低。

杜鹃花可以直接摘上花朵吃，清香而脆甜，水分也很大。

杨鹊花和槐树花可以摘来做菜炒鸡蛋吃,味甜花脆,通肠胃,还美容呢。早上听到杨鹊子鸟儿在哪叫就到哪采摘，人们常说：“杨鹊子鸟儿叫，杨鹊子花儿开。”我同四姑一块去山上摘一篮杨鹊花。好鲜的黄色花，加六个鸡蛋，两大菜碗的杨鹊花炒鸡蛋，分两桌吃，一桌一碗，数它最吃香，开吃不到两分钟，杨鹊花菜碗已吃光。鲜、脆、嫩、香它都具备，含有大量的花青素和维生素，还嫩肤美容呢。

羊开口花：大多是淡黄色喇叭花，也有浅紫色喇叭花，一花一果实。羊开口果实：是藤爬植物果实，形似香蕉，籽像五角茴香里的籽，籽是黑色，果肉类似香蕉。成熟的果实皮是黄色，在弓部的正中开口，直接剥皮吃，口味也类似香蕉；没有成熟的“羊开口”，皮呈浅绿色，摘下来放到糠皮子里捂黄、捂熟至开口再吃，口味稍差点，但是也很好吃；功效与香蕉一样可润滑肠胃、通便，富含丰富的维生素。羊开口藤：类似喇叭花的藤，在其他根茎植物上缠绕，需要人们经常梳理，不让其攀爬好的树木，以免影响树木生长。

老太花，它在山中很显眼显贵，一根茎高“举”着一支大“喇叭花”。“老太花”是纯金黄色的喇叭花，形状跟金针花（黄花）相似，花朵比金针花大许多。但“老太花”是有毒的花，千万不能吃；尤其在中午时分不能接近它，更不能碰它，中午散发出有毒的花粉，它会让人头晕目眩，呼吸困难；只有早上有露水的时候才能捂着鼻子摘它，喷水后捣碎泡米，用来捉田老鼠很有效。

我家的猫不吃死老鼠，它的鼻子特灵敏，闻到老鼠有不同气味时，它会嚎叫，咬着老鼠尾巴拖到人跟前，意思是让人们处理这只讨厌的东西——把它埋掉。

人们给这种花取名为“老太花”。看似美女般美丽而尊贵的花朵儿，却不能近前欣赏……在“老太花”开花的时节里，它的周围不会有虫蚁。

百合花——野百合。形状和“老太花”一样的大喇叭花，颜色是纯白色的，也是一根茎“举”着它；它的纯洁和美丽，已经证明它的品性“温情和善良”；它的叶子和金针花的叶子一样，绿色细窄长条形；它的果实在根部，形似大蒜，雪白，瓣状；营养丰富，药用价值广泛。

百合花的功效是：润肺清热，止咳养阴，清心安神，主治咳嗽，眩晕，夜寐不安，天疱湿疹。花、鳞状茎均可入药，是一种药、食兼用的，洁白高贵的，极具欣赏美观的花卉。

百合质地肥厚，醇甜清香，甘美爽口。百合性微寒平，具有清火、润肺、安神的功效。味甘微苦，对肺热干咳、痰中带血、肺弱气虚、肺结核咳血等症，都有良好的疗效。

具有欣赏魅力的是月季花，又名月月红。它月月开，常开不败，满身是刺却非常好看。洗澡时摘下它的花瓣放入澡盆里，全身都清香无比；用月季花、美人蕉花、指甲花混合的花汁染丝、染指都很美观。

栀子花是无私奉献的花，边开边结果，它的果实栀子治病范围广泛：栀子干燥成熟的果实，能医疗外感风热型由表入里之感冒、流感、肺炎等病症，肝胆实火上逆所致的目赤头痛、胁痛、口苦、耳痛、耳鸣及肝胆温热下注所致的小便淋浊、囊肿、带下等症，此外，还可用于热病神昏、中风偏瘫、感染性发热、急慢性肝炎、肺炎、上呼吸道感染及脑血栓、脑出血等疾病。

栀子皮（果皮）也有能去肌肤之热的功效；栀子仁（种子）

能清内热，生的用于泻火，炒黑用于止血。

春季的栀子树叶子上和茶树叶子上一样也长“叶泡泡”，“叶泡泡”是淡绿色的，厚厚的“叶泡泡”既脆又甜还解渴，叶绿素还治口腔炎。

尿床偏方：黄栀子五个、土鳖虫三个、鸡窝底上沤熟的鸡屎一块、烧黑的灶砖一块。二弟已经九岁，有很久不尿床，近来连着三个晚上都尿床，很不正常。娘从灶里面掏出一块烧黑的灶砖，把灶砖放围炉里烧至像红炭一样红，把鸡屎块和土鳖虫放灶砖上面烤着；把黄栀子拍扁、拍开，放盆里，加一把红糖；然后将灶砖（连同鸡屎、土鳖虫）夹到盆里，用烧开的水冲浇灶砖，灶砖还滚起水泡，咕噜噜滚开着，淹住灶砖。盖住闷一刻钟，倒出水来给二弟喝上，当晚起便不再尿床。

三月三，妇女的秘密节日。今天安吉叫满婶过去，我听到安吉说：“满嫂子，今天是三月三，你和四妹子去扯些三月三草，洗干净回来，加四个鸡蛋煮汤喝，你和你嫂子、四妹子一人喝一碗，每碗一个鸡蛋，给三妹子留下一碗，一会儿啊，三妹子会回来。”

娘过来说：“哦，今天三月三，扯三月三草，加鸡蛋，加红糖，加生姜能治疗女人痛经呢，家里的红糖和姜都不多了，我去叫云大买些吧？”

安吉说：“对，叫云大快去买红糖。”

娘出来看到我在外面，说：“云大，家里红糖不多了，你去买一斤红糖，一块姜回来。”

我答应一声，拿上钱出冲买红糖、姜。心里想着：我要记着这个偏方——三月三草、红糖、生姜、鸡蛋，熬成四味汤，在三月三这一天喝上一碗能治疗和预防女人痛经。

泉水井不远的地方有片平地，砂石多不能种菜，在这片地上种着向日葵，每年让其自然生长、开花、结籽。葵花盘成熟后，拨籽生吃，或晒干炒吃均可。在这鲜花盛开的时节，向日葵花更加美丽……

山边的草长高了，已是绿茵茵的，我割些草放池塘养鱼。经过一冬天，草鱼没食吃，青鱼更饿肚啊。割一担青草，先给上茶塘散一半草，再往下茶塘散一半草。

割草时一定要注意，千万别割“爆肠子草”来养鱼。“爆肠子草”又名“断肠草”，是鱼儿的死敌，鱼儿要是吃上“爆肠子草”，很快就会翻白死去，破开鱼肚看，鱼肠子真的被爆开。

当然，刚刚爆开肠子的鱼还是能吃的，没有毒，但死的时间长了千万不能吃。一旦草鱼吃上爆肠草了，整个塘里的青鱼都会有危险，因为青鱼是以吃草鱼的屎为食，最后都会因爆肠子而翻白死去。

我八九岁时，跟着爹爹在北山塘边玩。看到爹爹给山塘里散青草，我也去扯青草，散放到山塘里，这时爹爹担着草去别的池塘散草，没有看到我散放的是什么草。没想到，中午公吉赶牛回来路过山塘时，看到山塘里有草鱼翻白，仔细一看，塘里有“爆肠子草”，公吉赶紧脱衣下塘捞草。

公吉回家刚到地坪就问：“今天是谁给北山塘散草养鱼？”

爹爹答应着说：“是我，爹爹，怎么了？”

公吉把手里的草鱼提起来说：“你看，草里有‘爆肠子草’，爆死三条，我下到塘里捞掉‘爆肠子草’了，等会再去看看，还有没有再翻白的鱼，捡回来吃。”

爹爹说:“我割草时很注意,没有割‘爆肠子草’,怎么回事?”

我听到公吉说爆肠子草爆死鱼,心里好害怕,走到爹爹跟前,揪着爹爹的衣服,爹爹蹲下来小声对我说:“不怕,爹爹现在领你去认识‘爆肠子草’。”

爹爹牵着我的手,一边走一边认着路边的草,爹爹说:“这种叶子上蒙一层灰色的草就是爆肠子草,它再长些日子就开小白花,花蔫了就开始结籽籽,它的籽籽就像后院里麻籽籽那样小,一束上能结上万颗籽籽,但是这种籽的威力强,能爆死很大的草鱼呢。”

我说:“是不是也能爆死人啊?”

爹爹说:“会的,不过要吃很多,但是鱼儿只吃一点草就被爆开肠子。”

我说:“这种草这么厉害?用它捉野物行吗?”

爹爹说:“不行,吃草的野物也认识它,一闻就不吃了,你来闻闻,它有什么味?”爹爹顺手扯一根递给我。

我接过来一闻,啊,有臭味。我说:“爹爹,我早上给山塘里放的有这种草,是我爆死的鱼,你骂我吧。”

爹爹摸着我的头说:“没事的,你这次不放爆肠子草到塘里,就不知道爆肠子草会爆死鱼,对吧?吃一堑长一智,以后在做事之前,多问问大人,这件事需要怎么做,怎样才能做得更好些。”

我说:“哦,知道了,我会多问爹爹。”

于是爹爹和公吉开始教我识别山中草药:

天花粉。与羊开口藤相似的另一种藤类植物——又名屎瓜萝。人们将其名比喻某些人的形象:好就是天花粉,不好就是屎瓜萝。天花粉是一种药材，药用价值广泛，能开花几个月，梅红色的、淡粉的喇叭花，结出来的果实像小西瓜，成熟的果实呈金黄色，采摘后阴干，碾碎做药。

天花粉是一种中药，为清热泻火类药物，其具体功效是：清热泻火、生津止渴、排脓消肿。但是早孕妇女不宜使用，它能使胚胎坏死、液化，最终致使完全人体吸收。一般人用天花粉药时应注意：寒痰及亡阳渴者慎服；脾胃虚寒、大便溏泄者禁服。

鱼腥草——我们山冲满地都是鱼腥草。鱼腥草也是一味中药：清热解毒、排脓消痈、利尿通淋。主要用于：肺痈吐脓、痰热喘咳、喉蛾、热痢、痈肿疮毒。但是虚寒性体质及疔疮肿疡属阴寒、无红肿热痛者不宜服用。

麦冬草——麦冬草的果实麦冬。揪一蔸麦冬草，它的根部结满了麦冬，麦冬草和花生一样的结果实，都是在根部。其功效：养阴生津、润肺清心。用于肺燥干咳、虚痨咳嗽、津伤口渴、心烦失眠、内热口渴、肠燥便秘、咽白喉等。

柴胡——根茎植物中药，属解表类中药，发散风热药，似野芹菜味，特浓。其功效：用于感冒发热、寒热往来、疟疾、肝郁气滞、胸肋胀痛、脱肛、子宫脱落、月经不调。具有解表退热、疏肝解郁、升举阳气作用。

这次爆鱼事件以后，我跟着爹爹或公吉进山时，不是问这是什么，就是问那是什么，它们有什么用处等等，学会了很多的偏方。住在山冲就得识山中之草木，林中之山珍。

烟苗已经长成，可以移植了。爹爹亲自和我一块挖烟土，烟地是在梯田边上的几块空地，烟苗只能施沤凼粪、人尿、牛屎三种肥，我们很快就栽好，浇水。平时来浇水、扯草、捉虫，搭理即可。烟的叶子上也容易长小染子虫，如果发现有染子虫，用炉灰掺些石灰粉搅匀，将叶子在灰里沾一下并在土眼里都洒些灰即可，可使染子不再复生。

满叔已经把坝港子边上的冬瓜藤栽好，冬瓜土眼里不能施人尿肥，否则藤苗会醉死。如果结冬瓜了，施人尿肥，冬瓜会长出烟嘴巴黑眼，很快就会腐烂或萎缩自然脱落掉，不能吃。

这块冬瓜地是很多年前用石头垒起后培土开垦出来种植冬瓜的，冬瓜的根须很长，直接长到坝港子里吸水。冬瓜不能缺水，需要天天浇水，所以挨着坝港子种植，方便浇水。

我和爹爹去上茶塘上游的塘塅边栽苦瓜、丝瓜。苦瓜和丝瓜也是需要经常浇水的，苦瓜地靠塘塅的南则，丝瓜地靠塘塅的北则，两者竞相开花结果，都是搭棚的藤类植物，结出瓜来时，都是一条一条地挂在瓜棚上面，还是一道美丽的风景呢。我们担来粪土，迁来苦瓜秧苗和丝瓜秧苗，带来水瓢浇水，一会就种植好。这里的土质本身就很肥沃，每年都用塘泥来培植地块，所以无需来施肥。苦瓜、丝瓜种植到塘里，也是因为它们的根须长，能长到池塘里吸水，夏季也方便浇水。

栽好苦瓜、丝瓜后，爹爹说：“大伢子，你看看瓜棚要不要加固。”

我说：“有几根木棍桩子腐蚀了，瓜棚也有些摇晃。”

爹爹说：“那就要加固，趁现在土里温润，打桩容易些。你去后院里搬一捆木棍、一捆竹丫枝、一圈草绳过来。”

我答应着：“哦”。立即行动，担着空篼箕、扁担和水瓢带回去。

我把草绳挂到木桩棍上，把铁榔头插到这捆竹丫枝里。一手抱木桩棍，一手拎竹丫枝回到上茶塘。爹爹已经把瓜地里滚落到池塘里的石头，搬上去垒好、垒平。

我先把南侧的苦瓜瓜棚加固，拔掉腐蚀的木桩，再插换新木桩，用铁榔头锤木桩，锤到很坚固后与旧木桩捆绑好，摇一摇，苦瓜棚搭建得很坚固。我搬上木桩棍去北侧，同样拔掉腐蚀的木桩，换成新木桩，加固丝瓜棚。

爹爹用竹丫枝插在苦瓜苗旁边，只要苦瓜苗长高就能攀爬到竹丫枝上，顺着竹丫枝爬上瓜棚，边开花边结果。

我搬过竹丫枝，插在北侧丝瓜苗旁边，让丝瓜苗顺着竹丫枝爬到丝瓜棚上开花结果。平时来浇水即可。

回家时我去看了看满叔种的冬瓜，看别人种的菜也是学习，每个人都有自己的一套种植方法。冬瓜土里也培植好土，瓜棚也已加固，冬瓜棚木桩比较粗实，瓜棚更加坚固，冬瓜比较重，所以满叔搭建得更牢固。

今天，我、满叔、爹爹三人去种芋头。我们每年把下茶塘的上游截一节塘泥地，用石头垒田塍，再敷些塘泥巴做田塍，使其不漏水，田塍里面是之前塘干时担来的塘泥巴，这是我们家每年种芋头的种植地，大概有半亩多。

我们像翻凼粪那样把泥巴翻一遍，然后用锄头沟成道，把发芽的芋头放到道里，芽子朝上，放完一道芋头种后，用锄头钩第二沟道的泥巴盖住第一沟道的芋头种，再种放第二沟道的芋头种，以此类推，前道泥巴盖后道芋头种。

三人整整做了半天才完成，平时保持泥巴上面有一层薄水，不用施肥，原本就是塘泥巴，以后常来扯草就行了。

种南瓜：老祖宗在北面梯田的弯处开辟了两块地，做南瓜种植地。我担出牛粪来放到这两块地边，挖土、打眼，再担来粪土放眼里栽上南瓜苗，浇水。然后，将牛粪草放到南瓜眼与眼间隔的空隙上，下雨时牛粪水浸到南瓜眼里滋养施肥。这样南瓜苗长得快，牛粪草还能给土保湿，虫子也怕牛粪，不长虫子。最后，与冬瓜棚一样加固南瓜棚。

我把靠山边上的南瓜土也挖土、打眼，栽好、浇水，放牛粪。不用搭建瓜棚，将来让其自然爬坡、爬山开花结南瓜。开花时，每天早上来看看雄花和雌花相隔的距离远近，雌花周边没有雄花时，摘雄花花朵对住雌花花朵上抖一抖，雌花受粉后正常结南瓜，而且十拿九稳。

公吉把所有的菜土都种上各种菜：茄子、辣椒、扁豆角、黄瓜、黄芽白、长刀豆、莴笋、苋菜等。

近几天，天天是雨后出太阳或下太阳雨，是长山珍的天气。尤其是大雁飞过时，山里会长出很好吃的细丝蘑菇，细丝山珍好吃，但是不多，很难找到。栗树蘑菇最多，乌色，又大又厚，一般晒干吃。

早晨天亮，我和满叔上山采山珍，摘树根部木耳、拔蕨菜、掰毛竹春笋、捡地木耳、采蘑菇、摘秧李子、乌花子等。

山里的蕨菜很多，见到蕨子的模样不由得兴起观赏，感叹一番：

土中伸臂握拳头，少年青壮瓮中愁，

三周未见天和日，餐桌美食称佳肴。

收获最大的是木耳和蘑菇，晒干很好储存，装布袋里挂到屋檐檩子上即可；蕨菜不用多采，我家一般只腌制一坛就够吃；茅竹春笋是只有手指粗细的小春笋，当下吃新鲜的，当天吃多少就掰采多少，鲜嫩的茅竹春笋切成斜薄片炒肉好吃；地木耳加紫苏叶炖泥鳅吃，能下奶、明目，增加各种微量元素和钙质；“地木耳”比“树木耳”小、薄，吃起来比树木耳好吃多了，炒肉、炒鸡蛋都好吃；秧李子，类似毁桃个儿小，味道甜酸、还有点点涩口，助消化、去舌苔、利尿，是时下的好果实；乌花子，又名刺乌花，是藤爬植物，顾名思义是乌红色的，有的近似黑色，像葡萄一样成串地结果实，节节高地开花结果，单个形状像草莓，没籽，个儿只有小葡萄那么大，很甜，和草莓同样富含丰富的维生素，是当地的特色野生产品。

屋后的楠竹笋也很多，一般是公吉自己亲自拔。今年生长的多，做篾货和卖掉挣钱砍伐了不少，为了保持平衡，少拔了些竹笋。每年储存的干竹笋还有很多。竹子生长特快，只需二、三年就是成熟的好楠竹。竹根也是满山爬，竹根节节都生发出竹笋来，一个个毛绒绒的笋尖林立山中，一天长高一尺多，长到六七尺时最下层的竹壳皮开始脱落，显露出湛蓝湛蓝的一节一节的竹竿，那风景非常美丽动人，不由得止步欣赏：

出生寒土中，披斑裹全身，

层层泪衫脱，节节湛蓝青。

竹笋还有一个谜语：嘴尖、皮厚、腹中空——竹笋……

我们满载而归，娘和安吉把采摘的菌子、木耳等，分门别类地装篮子、清洗、晒干。能现吃的做给大家吃，做了一大锅鲜菇冬瓜羊肉；在五弟出生未满三月前，给满婶再发一次奶水；也是给大家春忙过后改善一次生活。

娘说："云大啊，帮我把冬笋取下来，已经阴干了，再把菌子和木耳挂上去。"娘把菌子和木耳分别用两个竹编篮子装好，我先爬上楼梯，娘用带杈的竹竿挑起给我挂好。保持通风干燥。

我搬着楼梯走到椿树前，看到又可以摘掉一些多余的嫩椿来炒吃，椿炒鸡蛋、凉拌都好吃。南方春天里的家种菜和山里的野生菜种类繁多，天天都可以调换吃着不同的菜，只有主食基本同样是水稻米饭加红薯。我家人从小起就不缺钙质，个个都有力气，膀圆、腰粗、健壮。

冬至东风人多疾　南风北风稼不宜

青云北来人安好　赤云大旱黑云水

（天象气候农诀）

第十一章

八月：秋风天气白云多　到处欢歌好晚禾

只怕此时雷电闪　冬来米价贵如何

（天象气候农诀）

春天是多发病的季节，我平时从不生病，只有刮风受凉时身上喜欢起一些风疙瘩，痒得难受。这几天来，天气变化无常，一会东南风，一会西北风，我的身上又起很多风疙瘩。

细心的满婶，每年都去帮我采摘一些风树菌子回来晒干，在发病时用一两风树菌子加一条一两的小鲫鱼煮着吃。吃一次能保一年不发病，但是，到了第二年的春天又要发病。我的风疙瘩病又复发了，这次的风疙瘩又红又大，甚至成片状。

满婶说：“红色的风疙瘩，要找到红枫树菌，需要红枫树上的菌子才能治疗红风疙瘩。”

我说：“谢谢满婶，我这就去摘红枫树菌。”

红枫树是以叶子是红色而为名，我爬上北岭找到了红枫树，在红枫树的根部有一些菌子，这种菌子是从树根部皮里长出来的，不大，很像树皮，呈褐色，族群生长；普通枫树菌是白色的，散开生长。我用柴刀割下来装进布兜。一起身，后脖子冰凉——啊！原来是一条青蛇，我用眼睛余光看到了蛇头，眼疾手快，对着青蛇七寸使劲捏住，然后另一只手从七寸处向尾巴一拽，一条好大的青蛇，再从头部往后拽一次，给蛇松松骨节，蛇就没力气缠人，带回去宰了它，它全身都是宝。

回家后，满妹、三弟、四弟都来看蛇，我捏紧蛇七寸举起来给他们看，说：“弟弟们离远些看，我把它放到这个蛇篓里，不要来动蛇篓子，蛇很会钻洞的，钻出来咬着你们就不好了，这条蛇的牙齿有毒，咬人后只要走七步路就倒下了，它的名字叫‘七步倒’。”

娘和满婶来把他们带走，告诉他们躲到自己房里别出来。我去上茶塘里钓回一条小鲫鱼，掏掉鱼肚里的东西，洗干净放砂锅里，又把红枫树菌子清洗干净放砂锅里，加好水准备煎熬时想起蛇，如果加上蛇胆，这个偏方的效果会不会更好些?

我抓出蛇来，用茶枯塞住蛇嘴巴，拿小竹筒套住蛇头，蛇只会往前爬，不会后退。然后从蛇七寸处一刀切断，断蛇在地上扭来扭去，抓住断蛇把蛇皮剐下来，轻轻地划开蛇肚皮，取出蛇胆，清洗干净，放入砂锅里。嘿嘿，我大胆地加上了蛇胆，熬煮一柱香的时间，好了，端来先吃苦胆吧，好苦，不敢多嚼，咽下后连喝红枫树菌子鲤鱼汤冲洗口。不料，这个偏方还真的管用，这次治疗红风疙瘩病非常有效，之后不再起风疙瘩，彻底治好了我多年的风疹病。

然后，我把蛇头取出，蛇嘴巴还紧紧地咬着茶枯不放，蛇口里吐出来的毒液浸满整块茶枯，我取来高浓度的米酒一碗（半斤左右），用夹钳夹出蛇口里的茶枯，蛇咬得很紧，费很大劲才夹出茶枯，放入酒碗里浸泡着；然后把蛇嘴巴在酒里漱漱，将毒液洗在酒里，酒碗里放一钱左右的雄黄粉末，搅拌搅拌倒进小瓷瓶里，拿塞子塞紧。将来用作消毒、解毒。如：被蜈蚣、蝎子咬了的伤口抹上或喝上疗伤和解毒，效果很佳。再把蛇皮的两头钉到墙上，从肚皮面中间轻轻地划开，然后铺平贴紧墙壁，沿着蛇皮边钉几个钉子固定在墙上，阴干。

用蛇皮做二胡：一块松香、一块蛇皮、一个竹筒、两个弦手、一根弦竿、一把马尾拉手、一根蚕丝线。我将阴干的蛇皮小心翼翼地取下来，拿来一个不带竹节的竹筒，直径比蛇皮的最宽处小八分，竹筒一头在最粗糙的磨刀石上磨匀边沿，然后到最细腻的磨刀石（油石）上磨光边沿，再将蛇皮蒙在磨光的竹筒上绷紧，用蚕丝线固定蛇皮到离竹筒边半寸的地方绑紧，固定邦子后，把多余的蛇皮剪掉，边绷紧蛇皮边扯紧蚕丝线。蛇皮有弹性，但要绷匀，否则拉出来的声音不好听。

取出松香，沿着蛇皮边与竹筒搭界处和蚕丝线处，上一层松香密封，边烧松香边捏紧流下来的松香液（蜡），然后做弦竿、做两个弦手，用马尾做拉手，蚕丝线做弦。竹筒与弦竿缝隙处用松香密封好，拉手与竹筒和弦接触处多上松香，用一块小竹片放到蛇皮中间支起两根弦，这柄二胡就做成，调好两根弦的音调，即可拉出美妙的曲调。

松香的取得和应用是：夏季将松树横着割开树皮口，从口子里流出来的松油，在上冻前摘取。也可以从松树枝节处摘取松节油，松节油被广泛用于油漆、催干剂、胶粘剂等工业。松香可做二胡拉手马尾润滑蜡和纳鞋底麻线润滑蜡。

公吉做的几柄二胡都很好。大号二胡：声音粗犷豪迈，节节悠扬；中号二胡：声音胜似流水悠悠流畅，声声不息；小号二胡：音符细高，犹如千古绝唱，远远流长。

爹爹不喜欢做二胡，只喜欢唱湖南花鼓戏戏曲：刘海砍樵里的“好有一比”，牛郎织女里的“夫妻双双把家还”，梁山伯与祝英台里的“十八里相送”，杨家将里的“穆桂英打公爹”等等；还喜欢打山歌，山歌一般是随意改词唱，想唱什么词就唱什么词，调子都差不多。年轻男女对唱山歌时一般是表达爱意，试看对方对自己是否有爱意，用山歌谈恋爱的年轻人也不少。

我喜欢拉二胡，也喜欢吹短笛，用二胡拉“千古绝唱”，用短笛吹“十八里相送”，是一种享受。

今天蚕蛾破茧出来，我和满叔赶快将其装进带纱罩的蚕盘，摘上新鲜的桑叶装进蚕盘里，很快产卵，几天后小蚕虫破卵壳而出。

几天后小蚕虫慢慢地爬出来吃桑叶，我们每天都要更换新鲜桑叶，桑叶上不能有雾水、露水等，必须是太阳出来后自然晒干的干露、雾的桑叶，小蚕长得非常快。闲来细听蚕嚼桑，嗞嗞、嚓嚓，不一会的功夫，一片桑叶吃掉一半；伸展手掌，抓条小蚕放手心里爬行，小蚕在手心里面一弓一展地爬行，怪痒痒的；两个手指捻起来棉柔柔，软盈盈的。

蚕　生

闲来细听蚕嚼桑，
嗞嗞嚓嚓叶半张；
弓曲舒展蜿蜒行，
扬丝自茧睡梦中。

来年春暖蝶翼张，
噗噗嗤嗤落叶桑；
交尾点滴珍珠串，
脱壳再生繁殖昌。

谷雨节到了，这一天要吃米豆腐。春天肠虫也蔓延生长，需要清理肠胃肠虫、卵等垃圾，而习俗即是吃米豆腐。

米豆腐是用石灰水浸泡米，两天后磨成米浆，自然沉淀，滤出上层清水，倒锅里搓成糊糊至八成熟，取出用凉水泡凉做成的。

娘浸泡米后，满婶和四姑去山上采回来很多蘑菇，晒了些干蘑菇，留下一小桶新鲜的大雁口菇。烧开水先焯一下鲜蘑菇，捞出后再少炒片刻，加适量的开水烧滚，用稀捞米箕对着锅，把糊糊放捞米箕里漏下，成“鱼儿”疙瘩，开滚后加放调料舀到碗里吃，自己可在米豆腐里再加韭菜。滑溜溜的米豆腐、滑溜溜的鲜蘑菇，真乃美味。

这样吃既败火又通肠胃，既驱虫又治疗痔疮，还是营养丰富的美食，对血糖高和血脂高者有一定辅助疗效。我们取名叫鲜菇米豆腐汤。

茶塘冲里的小孩们在一块玩时，叫来家里吃一碗米豆腐汤，有离我家不远处干活的人也都叫来吃一碗。

今天是谷雨节后第二天，三月二十三日，是安吉的五十八岁生日。有姑姑、姑父们来家里贺寿，安吉执意吃腊肉、腊鱼、熏山羊肉等，杀了鸡、兔，简单过生日。

安吉过生日，下午姑姑、婶婶们都在安吉房里聊天、品茶、吃粒粒。安吉的房间在西厢，没有人注意四弟在哪里玩。

而此时，四弟一个人搬条凳子搭在东“天井房”的水缸边玩水，工夫不大爬上水缸边，两手撑在缸边上，脚蹬不着凳子，哭喊着：“嬷嬷，我要下去，嬷嬷，我要下去。”人们在那边离得远，加之说话声音大，没有人听到四弟的哭喊声。只有五弟被四弟的哭喊声闹醒，醒来不见满婶，跟着四弟哭……

四弟撑一会手没劲了，栽倒进水缸里，哇——呼噜噜……五弟在房里跟着四弟使劲哭，满婶跑过来抱五弟时，听见四弟在水缸里呼噜噜，满婶赶紧放下五弟，跑过去跳进水缸里，把四弟举到头上，顶住四弟肚子，四弟哇哇地吐了好几口水，这时大家都过来了，三姑接过四弟，娘过来掐住四弟人中，一会四弟睁开眼睛有气没力的说：“我喊嬷嬷，嬷嬷不答应，嬷嬷不来抱我，我手没劲到水缸里了……”娘把四弟的干衣服拿来给四弟换上。

二姑搬条短板凳给满婶放水缸里，满婶两条腿软得站不住，身子趴在水缸边上哭，听到四弟说话才勉强站起来，大姑、二姑俩人搀扶着满婶站到凳子上，才把满婶从水缸里扶出来，满婶自己哭成个泪人，大姑、二姑扶满婶去换干衣服。

满婶穿一身干衣服出来抱着四弟说：“嬷嬷要你呢，你以后不要自己一个人玩水，等天热了，爹爹带你去塘里学划水(游泳)。来，让嬷嬷好好亲亲你。”满婶在四弟脸上亲昵着，那份母爱啊，在我的记忆中是空白，我只能站在旁边用眼睛享受着……

娘把五弟抱过来说：“四伢子啊，是你五弟救了你呢，他大声哭，把你嬷嬷叫来救你，亲亲五弟。”四弟这会儿跟个没事儿的人一样，好像什么都没有发生过，搂着五弟的小脸“嗯呀”地亲起来。

安吉熬了两碗红糖姜水，让大姑端来给满婶和四弟喝，在水里泡过怕受凉，用红糖姜水驱寒。满婶生五弟才二月，还没满百天，怕落下毛病。

满叔从菜地里回来，得知四弟掉水缸里，鼻子都酸了。当天晚上就要打做水缸盖，爹爹拿些现成木板也来帮忙。

满叔将木板用钻子打眼，爹爹用竹子做竹钉，我来递工具、打下手。爹爹和满叔用竹钉衔接每块木板，把木板的直径拼钉成与水缸缸口大小差不多的木板缸盖毛坯，然后用墨线盒里的墨笔刷，沿着水缸外沿划一道墨线。把木板架到两条板凳上，一只脚踩在木板上压住木板，以防晃动，用锯子沿着墨线锯掉多余的木板，再用刨子刨光水缸盖面和边沿，又在缸盖子的三分之一处锯开成两块木板，刨光锯痕，再将两块木板中间钉两副三寸反扣，这样水缸盖就能揭开舀水，倒水进去。最后，在小块水缸盖上钉一个拉手，方便揭盖和盖住，以后就不怕小伢子们掉进水缸里了。

满婶抢救及时，四弟有惊无险，但也惊心动魄。

安吉心中不安，当晚跪拜老祖宗、跪拜神灵，保佑全家平安……

三月下旬这几天生日的人多。娘的生日和满婶的生日是一天，三月二十六日，也照安吉的生日一样简单地过生日，不是整岁生日，没有客人来，只表示庆生，大家祝贺一番，安吉给她们一人一份小礼物：亲手做的手帕、香囊或发带。

我们家祖辈传下来，非常重视每个家庭成员的生日，也许是受四代男丁单传的影响，或许是重视女人生孩子付出的辛苦。在每人的生日这天，以早餐吃挂面（长寿面）、精腊肉片、皮蛋、咸鸭蛋等，中午加肉、鱼和鸡蛋等菜来表示庆贺生日和生命的珍贵；还有一层意思是：这个家庭不能没有你，大家都心中有你；每个家庭成员都觉得自己是不可缺少的一员。

红花籽已经成熟，黑枣壳很饱满，用手一捻，枣壳很容易捻开，该收割了。爹爹安排我们收割红花籽。满婶很要强，产后四十多天就出来和我们一起下地干活，吃苦耐劳，长着一双如同男人的手，粗大有力气，加上一双大脚，更显女汉子威风，从不娇气；唯有那张秀气的脸庞和那双水灵的眼睛才显现出女人的温柔来，这是南方女人的特点。

我和满叔、满婶、四姑四人分工，女人杀割红花籽草，男人担红花籽草放到家院地坪里晒。因晒谷坪冬天上冻后，地面泛起了“鲤鱼皮”，有的地方还开有裂缝，不能晒红花草籽。只好在院地坪里晒干，让其自动炸开壳爆出种子来，然后去苗、壳，筛出种子，等待晚稻田里再次套播。

中稻田开犁：收割完三亩红花籽田后，我们将田塍上的杂草刨净，开始犁这三亩田。三亩田里挑选一亩优质田，作为晚稻播种秧田；把种红花子干苗铡碎后和红花籽壳一块散放到其他二亩田里作中稻田肥料，再将沤凼肥、牛草粪担出散放到三亩田里。晚稻秧田先犁好泡上水，将田泥巴捂一捂，沤一沤，播种后有利于秧苗生长。

犁中稻田前，我把犁具放坝港子里泡上，牛轭子抹上清油，保持润滑不伤牛丰台，准备开犁中稻田。

我和满叔，用一天时间犁完中稻田，放好水，泡一晚上，明天来耙田和耘田会好些。中稻红米秧苗和糯米秧苗都已经长高，必须在近期移植。天气暖和，一夜能长很多。

一亩晚稻播种秧田也犁好，泡好水，先捂沤着，等待播种时再耕耙。

我们一上午把中稻田耙、耘完，下午满叔来打滚、平田，我和四姑去扯秧。插两亩田的秧很快扯完，给秧田留下插田的秧苗后，其他的担去插田。

满叔平完中稻田，满婶和娘都来帮忙插田，在大家齐心努力下，天黑前二亩中稻田全部插完。

中稻生长成熟期比较长些，比中稻和晚稻要长半月或二十天左右。中稻谷子的产量要比早稻、晚稻谷子的产量高，实际上中稻田一年只种一季稻谷，一季种红花籽或萝卜或油菜。种红花籽田是换着来种的，不固定稻田。

油菜籽壳已经开始发黄，是收割油菜籽的最佳时候。我扛起扮桶，满叔扛起扮桶围栏（扮折子），爹爹提上扮桶刮刷子，一齐去收割油菜籽。先割断油菜秆，分两边放整齐，扮桶放中间，开始扮。今年因太吉生病和去世耽误了功夫，少种了油菜。所以半天时间就收割完油菜籽。

收回来的油菜籽是带壳的，要放到大篮盘里晒，晒到自己炸开。然后用筛子筛，壳都在筛子里倒掉即可，菜籽都漏到篮盘里，再用风车吹掉碎壳。晒干菜籽便可以去榨油了。

压榨菜籽油的工序和压榨茶籽油的工序是同样的。一般是几户人家一齐去压榨，分别称其分量，按比例分菜籽油和菜籽枯。

菜籽枯洗衣服更好，泡沫多，去污力更强，比茶枯更细腻，不损伤衣服。

麦子也已成熟，我摘一穗麦穗，在手里搓了搓，嗯，已熟好能脱粒了。把稻草人的手绑直一点，那么多的麻雀叽叽喳喳地吃麦子，调整一下洋油桶的绳子，拴到细小的树枝上，刮风啊、鸟落啊，洋油桶都会响，吓飞麻雀。明天再晒一天，后天来收割就差不多了。

今天天气不错，是收割麦子的好天气。我们照样分工：我扛起扮桶，满叔扛起扮桶围栏（扮桶折子），爹爹提上扮桶刮刷子和担三担空箩筐，四姑和满婶拿上五把镰刀戴上斗笠提壶茶水，一齐去收割麦子。天气已经热起来，每人都满头大汗的，整整一天才收割完。今年麦子丰收了，毛麦子有四百来斤，将来晒干也有三百多斤的净小麦。

我们家的小麦一般磨面做成挂面，每逢亲戚做寿上礼时，送上二斤挂面、二斤肉、一块布料等。少留下些，给平时没赶上吃饭的人煎几个麦饼吃。

种红薯：收割了油菜、麦子的地块用来种红薯。种红薯的秧子已经长得很长、很密，够种七八亩地的秧子。

我们全家齐出动种红薯：我和满叔挖土，麦地里挖出来很多的地螺，满妹妹提上小篮子捡地螺；爹爹梳土，梳土时把麦蔸根及地螺苗梳到土边，最后担到沤凼坑里沤熟作肥料。

满婶边打眼边捡地螺放成堆，满妹来收集放到篼箕里。

四姑往红薯土眼里面施凼粪土肥，红薯土里的凼粪肥料也和种菜的肥料相同：把晒干的沤凼粪捣成细碎块，加入捣碎的茶枯粒粒和山里黑沃土，搅拌成粪土肥料；粪土肥料中加入茶枯除虫，因为鲜嫩的红薯苗也是肉虫子最爱咀嚼的植物，茶枯是杀死土里肉虫、黄蜂虫最好的“药剂”，红薯苗结小红薯时，土里会有黄蜂虫钻孔吃红薯,粪土肥料里有茶枯杀死黄蜂幼虫，能使红薯正常生长。

娘剪红薯秧子，一般留下三个节即可；公吉栽红薯秧子；留下安吉在家做饭，看小伢子们，三姑回来帮着安吉做饭。

我和满叔挖出很多地块后，去担水来给栽好的红薯苗浇水。

我们分工合作整个流程，哈哈，真是人多力量大，差不多六亩的红薯地块，三天栽种完。娘把两筐了地螺清洗干净，用篮盘晒干，晒蔫了，洒上咸盐放坛子里腌上吃，或者做泡菜吃，都清脆可口；或者晒干做咸菜小菜吃，平时有客人来家里时摆上一小碟，也很香，脆甜。

栽红薯苗后，我、满叔、满婶三人担着三担灶炉灰去红薯地里，点种黄豆、绿豆。灶炉灰是非常细的灰分，也是一种上好的肥料。我用斧子在红薯土块两边的斜面上砍开一道道小缝，间隔一尺左右砍一道，满婶往里面放三粒黄豆或绿豆，然后满叔抓把灶灰盖住黄豆或绿豆。两种豆子分开种，红薯园子中间有一条三尺多宽的道路，路左面红薯土边种的是黄豆，右面红薯土边种的是绿豆。一天种完。

在下园子里种的芝麻和花生苗也长出来了。长到三、五寸高时来拔稀苗，松松土、扯扯草、施一次肥即可。

早起天无云　日出光渐明　暮看西边明　来日定晴明

丝云天外飞　久晴便可期　清晨起海云　风雨待时辰

（天象气候农诀）

李異蘭 作品

老屋并非原貌（因子孙分家、拆迁等原因）

第十二章

九月： 初一飞霜侵损民　重阳无雨一冬晴

月中火色人多病　若遇雷声菜价增

（天象气候农诀）

家里种的烟草也长势不错，下层的小烟叶子该现在摘掉它，时间长了它自己掉下来沾上泥土就不好抽了。因为烟叶是不能洗的，洗过的烟叶味淡不好抽。我和满叔将这层烟叶摘下来，一个叶子一个叶子地放膝盖上，铺展摞齐，用缝针线把烟叶茎把串起来系紧，一把一把地挂在东屋金墙垛子的屋檐檩子上阴干。

每当烟叶的下层成熟，摘下来，叠展、串缝、挂起、阴干。有一定数量时，拿去窑里烤烟，然后再次挂回屋檐檩子上储存，烟叶是不能捂的。抽完一把再来取一把，抽掉线再次放膝盖上铺展摞齐，并压紧，边压边圈，圈成一圈来切丝，切成细丝丝，爹爹和满叔都切得很好，很细。我的刀工差，切一会儿就宽窄不匀，忙时，娘来切，娘切的烟叶也很好。娘要是生爹的气时也来抽口烟，不过很少抽，我见过两次，一个人躲着抽。

娘在她娘家是个宝贝女儿，四男一女，有时也有点男人气质，缺少温柔，但是做事能面面诸到，家里的活计全能干下来，家外的活大多都能做，对我比对她自己亲生的伢子要好。时间长了，我真的慢慢地把她当亲娘看待，特别尊重、敬仰她老人家。

立夏这一天，农家都要磨糯米做“光”疙瘩（汤圆）吃，当地叫做吃“光”，用筷子不好夹，太光溜了，是以光滑圆溜溜而取名叫“光”。

娘在立夏前两天泡上了糯米。立夏的前天晚上，我和满婶两人磨糯米，我推磨子，满婶放米，用小勺子一勺一勺地放米，磨出来的米细腻些。磨好米浆，选用一块干净的细密度最紧的白棉布，先把白棉布用干净水浸湿拧干，放在米浆盆里，然后在白棉布上面放上灶灰，吸干米浆里的水分，吸一晚上即可。第二天早上（立夏这天）提出白棉布及灶灰，糯米粉已是潮湿的干粉，放蒸笼上蒸半熟，正好能揉成团而不散开。

把糯米粉里放些爱吃的调料揉成小圆团，或包些糖、花生仁、松籽仁。把糖化开，加入花生仁和松籽仁，搅拌后包进糯米粉中揉成小圆团。烧一锅开水，沸水放入糯米团，煮熟带汤舀出来吃，叫做吃“光”。

立夏早饭全家人都吃“光”，细伢子们和细妹子们更加爱吃。如果有人路过屋前屋后的乡邻，都要叫来家里吃“光”。

农家常说："立夏吃'光'，石头能踩成糠。"在立夏这天吃"光"，是能长力气的，能把石头踩碎成糠。糯米的营养比大米的营养更丰富，经常吃些对身体好。

饭后，娘拎着沾过糯米汤浆的灶灰放到冬瓜藤菜眼里，做冬瓜藤肥料。结出来的冬瓜瓷实，好储存，也好吃。冬瓜不能施尿之类的肥，储存时容易长"烟嘴巴疮"，很快就会腐烂，不能吃。

娘顺便扯掉冬瓜地里、土眼里的草，没想到右手染上了蜘蛛毒丹，痒得钻心，很快传染至手背。爹爹赶紧去扯了一把香芋子草和薄荷叶子回来，把香芋子草的嫩叶部分摘下来，与薄荷叶一并捣碎成泥状，与雄黄油调制成"薄荷香芋雄黄膏"抹到蜘蛛丹上。

娘说："啊，清凉清凉的，不那么痒了。"

爹爹说："一天多抹几次，明天准好。如果中了大粪毒，起大粪毒丹的话，也是用'薄荷香芋雄黄膏'这个偏方治疗。"

果然，第二天，蜘蛛毒丹已经结痂，娘继续抹了一天，后来右手掉一层皮，全好了。

今天满婶去坝港子里翻螃蟹，不小心，小腿足三里处被蛇咬一口，满婶立即往跟前石上一坐，赶紧喊公吉："爹爹，我被蛇咬了一口。"

满叔在巡看水稻，听到满婶喊，奔跑着过来，用嘴吸蛇咬的伤口，把蛇毒液吸出来吐掉。

我在菜土里给菜浇水，听到满婶喊被蛇咬，也跑过来看满婶。

公吉扯把水澄子草、鱼腥草、蛇花子草、香芋子草等，在口里嚼碎敷到蛇咬的伤口上，又摘一大片的野麻叶子敷住草药，用藤缠紧。

紧急处理完蛇毒伤口后，满叔背着满婶回家，在路上满叔说：“家里人这是坏事成双，嫂嫂刚中了蜘蛛丹毒，你又中蛇毒，你们俩叔伯母真是有难同当，有福同享啊。”

满婶不满意满叔说风凉话，伸手捏着满叔的鼻子说：“就你不会心疼人，人家难受，你还取笑。大哥多好，从不说嫂嫂半句不好。”

满叔哼着鼻子说：“放开手，鼻子都抽不了气了。”满婶松开手，满叔继续说：“你真是不懂啊，这叫情趣，打情骂俏。是蛇给我机会背背你，让你享受一下在男人背上的乐趣。”

满婶说：“平时见你一声不吭，今天哪来这么多的话？幸灾乐祸吧，你平时蔫蔫的，今天真坏。”

回到家后，公吉拿出雄黄油给满叔，说：“我去寻草药准备做蛇伤膏药，你先用这种雄黄油给你堂客擦抹伤口，你自己用盐水漱漱口，吃粒甘草丹。”

我听公吉说过：甘草丹里有蛇花子草、甘草、鱼腥草等。要是被铁齿耙等伤着，也是用治疗蛇伤的草药加一味“红花”草药混合而成，称其为被“铁蛇”咬伤。

满婶这几天不能奶养五弟，怕蛇毒从奶里传给他，安吉每天用稠米汤喂五弟喝，小家伙很听话，一顿能喝一碗米汤。

满婶将挤出来的奶水埋到后山的土里，以防其它动物喝了中毒。

满叔端着一大碗满婶挤出来的奶去后山埋，他先把碗放一边，去挖土坑。等挖好坑转身要过来端奶时，看到山老鼠在喝奶，满叔蹲远处不惊扰山老鼠，看到它喝得肚子鼓起来，准备走开时有些鼠步蹒跚；跟其后，观其形，哇！倒了！满叔捏起山老鼠尾巴，放土坑里，再把剩下的奶倒坑里埋好，踩紧土，再用锄头锤紧土。

满叔回来说："奶里真的有毒，山老鼠都能被毒死呢。"

公吉说："奶里已经不是蛇毒一种毒了，还有我调剂的药毒，我的药方是以毒攻毒，对身上有蛇毒的人来说，蛇毒会散开，对山老鼠就有事，必死无疑。"

公吉配制的药方，满婶连敷带喝很管用，满婶腿上的蛇伤肿块慢慢地消散开，黑青的皮肤也逐渐变白。

几天后满婶已经完全恢复健康，五弟却喜欢上喝米汤，每天三顿饭时便闹着要喝米汤。从这以后，我们每天给五弟加喝米汤，小家伙喝上米汤后，白胖白胖的，个儿也长得快，长得很喜人，见我就笑，嘴里"哦、哦、咯、咯"的说个不停。

中稻第一次踩田：立夏左右，中稻可以作第一次踩田。爹爹、满叔和我三人一块去踩田。因天气比较热了，杂草长得快，我们先扯杂草，后施肥，然后再踩田，二亩田用了一天半时间才踩完。

红薯地里长出些杂草，应该松地、除草、浇水。我和满叔扛上二齿钉爬、担上水桶、带上白达子、达耳子去红薯地里扯草、松土。我们做了一盏茶的功夫就听到白达子和达耳子"汪汪"叫。我飞快跑去，达耳子咬住一只灰兔子的脖子，白达子的前脚摁住兔子的身子。哈哈，一只灰色野兔，这只公兔子又大又肥，一家人又能饱吃一顿。

三弟、四弟、满妹，满婶抱着五弟都来看兔子。五弟的小手来摸兔子，我吓唬他说："兔子咬手哦。"那小家伙的手缩得好快。然后对着五弟说：“摸、摸。”可五弟还不会说话，只会说“嬷、嬷”。

三弟抚摸着灰兔说：“毛毛，不怕，它死了，是达耳子咬死的，它不会咬人了。看，它不动了吧。”边说边拎起灰兔。四弟很小心，在一旁看了很久，也来摸兔子，五弟这才又伸手摸兔子。

我说：“你们啊，死兔子能摸，要是装死的兔子就不能摸了，它的三瓣嘴会咬人的。看到不动的野物时，要看清楚是不是还活着，久看一会，真的死了才能靠近，才能去摸，记住了吗？”

二弟、四弟齐说：“哦，记住了。”

我开始剐兔子皮，然后破开兔子的肚子，掏内脏洗净，做杂碎汤吃；把兔肠子慰劳白达子和达耳子；把兔皮展开，用针线把四肢、尾巴和头部缝好，灌粗糠皮子撑展兔子四肢、头尾的毛皮，再用三根小竹棍撑展兔皮，横着撑两根竹棍至兔四肢，竖着撑一根竹棍至脖颈和尾部，撑紧，中间用细绳子将棍十字处缠紧。把兔子皮挂墙垛上阴干，不能晒，这块兔皮毛色好看，深灰色，又大又光滑，是上等的好兔皮，能卖好价钱。

六亩的红薯地，第一次除草、松土、浇水结束，我和满叔两人做了三天才做完成。

家中储存的石灰不多了，我和满叔两人用土车子推两车谷子去石灰厂矿换些生石灰回来，准备踩田时往稻田里散上杀虫及日常用。

石灰厂矿在下落桥，离我家有二十四五里地远，每年到这时候他们的吃粮比较紧，现在送去粮能多换些生石灰。

我们两人每人推了两担谷子，用这四担谷子能换六担生石灰。我们推着土车子，“吱呀、吱呀”地出发了……

到了石灰厂，管事老板说：“厂里吃米不多了，本想去买米呢，我猜你们这两天要来买石灰，等两天再买米也不迟，你家的米好吃，也很出饭，你们今天果然来了。”

满叔笑着说：“你老人家真是神算，我们真来了。”

我说：“老板啊，我们这是四担谷子，能换多少石灰？”

板说：“今天啊，尽你们的能耐，你们能装多少，就卖给你们多少。”

于是,我和满叔换回六担多生石灰,一人推着三担多生石灰,满头大汗地推了有十来里路。

满叔说：“云大,歇一会,太重了,说是三担生石灰,我看啊,差不多有四担呢。”

我说：“是啊，我也觉得有三担半多呢，一会要上坡了，咱们先歇会。”

我们坐在车把子上，擦汗，喝水。一会白达子和达耳子来嗅我和满叔的裤腿，扭头一看，爹爹和公吉来接我们。哈，这上坡路就不发愁了。

爹爹说：“挺快嘛，都到这里了。”

满叔说：“老板今天很爽快。”

我说：“去了没歇多久，老板叫人帮我们卸谷和装石灰了，老板交代他们能装多少就装多少，一车足有三担半。”

公吉说：“有，足有三担半，大孙子，你能推动，真是李家的好后生。”

公吉边夸我，边有意识地摸摸他的山羊小胡须，我知道他此时感到很自豪！公吉看我犁田时，也常常做这个动作，表示对我干出的活计很满意。

爹爹说："大伢子，你到前面拖车，我来推车吧。"

我说："还是我推吧，您老人家在前面帮我拖。"

爹爹说："你歇一会，我来推，这车生石灰不轻呢，你推这么远了，还是爹爹来推。"

爹爹抢过车扁担接着推我的车子，我在前面用绳子拖土车子，满叔继续推土车子，公吉拖满叔的车子。这样很快就把生石灰运回家。

回家后满叔累了，公吉要他休息，我们三人把生石灰用箢箕担进东客房，这间屋子没人住，比较干燥。

生石灰不能受潮，受潮会散开，散开的生石灰有硬块，发石灰时依然有硬块，化不开。石灰必须一次性发开，变成熟石灰后不好储存，容易扬灰尘，还很呛鼻子，人们一般用多少熟石灰发多少生石灰。

一晃儿离小满只有十天时间，早稻田在小满前要做第二次踩田，踩完田过小满，这个时间点非常重要——踩田后禾苗需要恢复期，迟了会影响禾苗正常生长、抽苞、扬花散籽，使得谷粒不饱满、谷穗短小、影响收成。因为小满离芒种只有十五天，前十天为第二次踩田后禾苗恢复期、生长期，后五天是禾苗快速生长孕苞期，芒种前后是抽苞期。农家口头禅常说："芒种忙抽苞，夏至像镰刀（弯）"，到了夏至禾穗弯得像把镰刀，开始扬花散籽。达不到这个标准，禾穗发育就不正常，稻谷就要欠收或没法收了。

我们全家出动去踩田，这次要施含磷多些的肥料，一定要放好水，使禾苗充分地吸收肥料，谷粒才会饱满。

早稻第二次踩田，增加了三姑父来帮忙，拔草的拔草，施肥的施肥，踩田的踩田，挖的挖“浚港子”，既分工又合作，在小满前一天完成了任务。我把丘田的水控制在不流动的状态，以免肥料流失。

“浚港子”，是在梯田的每丘田塝边上挖一条水沟，使山浸水通过水沟流入坝港子或水塘里，防止山浸水流入田中影响禾苗生长抽苞，扬花散籽。当地将这条水沟叫作“浚港子”。

把挖出的禾苗和泥巴就近堆到田中间，大概相隔五六尺远一个堆，每堆散开放，不要压着堆放的禾苗和田中的禾苗。让其正常生长、抽苞、扬花、散籽，收割完稻子后，犁田前再把泥堆挖散开，再犁晚稻田。

“浚港子”里面也还是沉淀了薄薄一层稀泥，田里的泥鳅会慢慢地聚集到“浚港子”里来，过些时候就来盘一下泥鳅，把泥鳅盘出来吃。

新鲜泥鳅（去肚杂）、新鲜丝瓜、新鲜紫苏叶，炖着吃是美味啊。营养丰富，对增强视力、听力都有帮助；把泥鳅剖开肚子，去掉肚杂，用盐腌制后晒干或熏干，煎、炒着吃，都好吃。

“浚港子”的水流入池塘时，还时常能看到小鲫鱼来流水处调水，尤其是天气变化时，天闷潮、湿气上升的时候，鲫鱼、河蚌皮鱼都来调水，小米虾也来揍热闹。这时，我和满婶都喜欢拿着捞虾小网捞子，来捞些小米虾和河蚌皮鱼。小鲫鱼很聪明，看到小网赶紧跑开。

每次捞不少小米虾和河蚌皮鱼。把小米虾挑拣出来，大点的虾掰掉头顶上的剑。人吃，可吃鲜的，也可以晒干吃。把小些的虾来喂养刚下了猪仔的母猪，给母猪下奶，非常有效。小虾喂猫、鸡、鸭、鹅也都很好。

“河蚌皮鱼”：是一种像蚌壳一样扁扁的野生小鱼，长不大，喜欢在池塘边沿成群游水游玩。最长的也只有两寸来长，繁殖很快，非常惊人，在池塘里影响其它鱼儿的生长。经常得打捞出来，有时采用“淀网”打捞，淀网里放几块小石头和一把米饭，沉淀在池塘三尺来深的水里，看到一群河蚌皮鱼觅食，立即提起网，有时一网能网到一半盆小鱼。用指甲划开河蚌皮鱼肚皮，挤出内脏，撒些盐腌半小时，然后晒干或烤干或焙干。用油炸着吃或火上焙烤着吃，香脆下饭。

四月初八，二次踩田已有一半时，我家的小猪满月，公吉约来一大群买猪的人。先是定价，哪头猪谁要，出多少价，来回讨价还价，最后决定卖给杨先生和张少爷。杨先生看好六条小公猪做肉猪，小公猪在出生一个月时已经阉割丸子。公吉要自己留下两头小公猪，过年宰杀吃。

最后研究来商议去，杨先生只好买四头小公猪。因为半大小母猪发情期和阉割期生长慢，影响长膘；母猪母种好，小母猪最好做种母猪养。其他五头小母猪被张家少爷全部包买，五头小母猪的花色、皮毛都很好看，他自己留养两头，帮朋友买三头，均留做种母猪。大家都喜欢我家的这头种母猪，皮毛、花色好，产仔多，很会带仔养仔。

风静郁蒸热　风雷必震烈　东风云过西　下雨不待期

云起南山暗　风雨辰时见　日出即遇云　无雨必天阴

（天象气候农诀）

第十三章

十月：立冬之日怕逢壬　来年高田枉费心

此日更逢壬子日　灾殃疾病损人民

（天象气候农诀）

这几天，天气作浑，忽雨忽晴。今天，我发现北山塘里的河蚌皮鱼儿成群地漂浮在塘边水面游玩，一会儿很多的鱼种都漂浮出来游，我家的猫儿坐守塘边，不时地用前爪去调戏小鱼，也不知从哪儿飞来一群鱼公鸟，在水面上扑哧、扑哧地叼着小鱼；白达子和达耳子“汪汪”地追赶着鱼公鸟，两者斗得天昏地暗。满婶抱着刚满百天的五伢子，我牵着三弟、四弟、满妹一齐来北山塘观看热闹。几家邻居的伢子、妹子也被这热闹场面惊扰，前来观看。平日只有几只鱼公鸟，今日可用百计来形容。鱼公鸟是当地最漂亮的一种长尾巴鸟，专叼鱼塘里的小鱼吃，好不热闹。

我朝南山塘眺望，那个山塘却不见鱼公鸟飞。我用手作话筒，喊杨二伢子："杨二伢子，你家人看看鱼塘有鱼漂游吗？"

二伢子跑去池塘一看，喊话："有，很多，大鱼也漂游呀！"

公吉在山上听到我们喊话，也观察到山里的松鼠、黄鼠狼也都乱窜。他在山上喊话："冲里的住户们，乡亲们，赶紧出屋站地坪里，不要在屋里呀！快出来！大家快出屋来！"

听到公吉的喊话，我们在外面的人都跟着喊话："大家出来，带上伞出来，有大雨，或山洪暴发呀……"

我和满婶带着弟妹们赶紧回去，安吉和娘都到晒谷坪，把伞和蓑衣都拿出来放在晒谷坪里，我搬来几条长凳给大家坐，然后赶紧帮公吉把牛赶到晒谷坪的路边。爹爹早已跑去学堂，告诉先生把学生撤出屋里……

接近午时，雷公作响，大雨倾盆，对面茶林寨主峰的半山腰凸出的山坡、唐二阿公家房屋的后背山上，一雷击中此处山体，生出火球，山体松动炸炸作响，烧黑一片柴草；混石流开始向下滑动，顿时泥、石、水倾泻！当泥石流滑到那棵百年老松树时终于停止下滑，老松树周围是一片茶树林——这片茶林和老松树挡住了山体下滑。泥石流吓得唐家人直往杨家这面山坡上跑，虽有摔伤，但无大碍，躲过了一场灾难。

山坡上松动的泥、沙、石被山水冲下来，填满了唐家后院和冲击半垛后墙，泥沙填满了半条坝港子和半座南山塘。多亏这棵百年老松树和这片茶林啊，否则唐家这座房子会全部被冲洗淹没。

原本在老松树上面的滑坡地带有无数棵老樟树，樟树木材是人们打制嫁妆木箱衣柜的防虫蛀的好材料，当时很值钱。唐二阿公为了赚钱花，逐年砍伐掉那些樟树卖钱，并将其蔸根也都挖掉卖钱。许多野生动物在这被挖树根的土坑内，刨挖成它们的栖息地，这一片地方是它们粪便最多的地方，到夏季晚上还常有绿光出现。公吉说：野生动物们的粪便含磷高，磷在高温下容易发光。雷击时出现火球，属于磷高地带的自然现象。

在唐家人挖蔸根时公吉告诉他们不能挖，他家人就是不信，却引来如此灾祸。事后他们说，要把那片山坡用冬茅草坯和小茶树修补培植起来。公吉建议他们栽些枫树、茶籽树，枫树根和茶籽树根都呈网状满山爬，发育快，抓力极强，是稳住山体的好树木。

好在有惊无大险。冲里的人们都来帮助唐二阿公家清理滚落到屋后墙、水井和坝港子里的山石、泥沙土等。山塘里的砂土，水干后才能清除。我家的两丘稻田里有少许流沙，没受到多大损失。

唐二阿婆哭着对大家说："要不是李阿公喊我们快离开家，早被石头砸得没命了，谢谢李阿公，谢谢大家来帮忙。"

唐二阿公惭愧地说："我砍伐那些樟树时，李阿公说过不要砍伐，那些是宝树，不能动。我没听李阿公劝说，现在遭报应了，确实是宝树啊。"

公吉劝说："不要急，大家这不都来帮助清理干净了？吃一堑长一智。日后挖些冬茅土坯、茶籽树和枫树去修补山体吧，对现在、将来的后人都好。老话说得好：‘前人栽树，后人乘凉’啊。”

唐大阿公说:“唉，我这二弟啊，从小就是这性格。爹爹说的，我这做大哥说的，他都难听进去，总认为我们是有私心，从不认为是在对他好。只有吃亏了，才能认识到是自已领悟错别人的好意了。”

公吉接着说：“茶林寨的这一片山体在很多年前就有隐患，人们才栽上那些樟树的，樟树防虫蛀，增强土质的紧密度，樟树根抓力也很强。这片山，膏泥少，几乎都是砂石，很难固住山体，只有常年多栽树木稳固山体，才能抵御自然灾害。”

唐大阿公和唐二阿公齐声说：“是的，是的。”

冲里人非常齐心，一家有难，全冲同担。大家担泥沙，抬大石头，先将屋后的石头、泥沙清理，凉干后墙；然后清理出水井内的石头、泥沙；最后清理坝港子里的大石头和泥沙。全冲人忙了有七八天才清理完。我从自己家提来些石灰散到水井里，用石灰消毒和净水；公吉将自家的腊肉、腊鱼、米拿来做给大家吃。

公吉后来说，满叔在年前挖掉的那两棵大蔸根也有隐患。当时公吉不在家，平时忘记告诉我们。我和满叔立即在山边挖两棵半大的枫树补栽上，春后栽树易活，枫树根粗，满山爬，抓力极强。

这几天公吉每天进后山，寻找长得匀些和节儿长得长些的小松树，然后将其压弯，用石头压着树尾部，使松树长成犁头弓木，长成后做成犁自家用，也可以卖钱。我看是准备做小牛将来犁田的犁具了。树长成了，小牛也长大了，刚好使用。我也学着弯了一棵小松树，被公吉发现了。

公吉回来问爹爹："是不是你在柚树那边弯了棵小松树。"

爹爹说："我这几天紧赶着做地里的活，还没顾上呢。"

公吉说："那可能是云大弯下的犁头弓木，弯得不错，常去看看，树长高了往后拉拉再压一次。"

爹爹笑着说："这个伢子学啥也快。"

松树的柔韧度强，春天是树木生机旺盛的时候，春季至夏季交节时弯下来的树到冬季基本定形，来年再作调整，一个犁头弯弓就出来了。

梅树上结满了青梅，满婶说："云大，爬上梅树摘些青梅，我想做青梅紫苏腌菜。"

我答应着："哦，马上去摘。"

我背上布袋，爬上梅树，先品尝一个，刚咬一口，牙都快酸掉了。一会儿，我摘下来一袋青梅。满婶去菜土里摘了些紫苏叶子回来，去坝港子里用流水洗干净，再把青梅洗净，晒到大篮盘里。时常翻动，晒到蔫了为止。

有几种腌制法：第一种将青梅用菜刀板面拍一下，把青梅拍损（扁）和紫苏叶放一个盆里洒上盐，用手揉搓，使盐进味，腌制一天再晒干做茶点小菜，梅子酸性与紫苏碱性中和，这样做出来的梅子不酸很好吃，紫苏味儿很香好吃；第二种将青梅和紫苏叶子用菜盆子装上，从泡菜坛子里舀上一碗醋汤，加上些凉白开水，加盐，直接泡上不盖，泡到梅子发青紫红，泡八至十天即可以吃，如果有莴笋皮，放里面一块泡上，白里透紫红的莴笋皮，青梅、紫苏味具全更好吃、更好看；另一种吃法是把梅子放进泡菜坛子里做浸菜，浸得青梅完全发黄就“熟了”，这时的梅子一点不酸，脆脆地，劲劲地很好吃。

浸菜坛子里腌菜有：白萝卜、红辣椒、长刀豆、黄瓜、蒜苔、大蒜、小葱头、姜、地螺、紫苏、青梅等，最不能忘记的是摘一些没有成熟的野生青毛桃，桃核还没硬的青毛桃更好，洗净，晒蔫，直接放进浸菜坛子里浸着，浸熟了也是发黄色的，到了双抢季节，天热酷暑时，和梅子一起夹出来吃，下火、消暑、消食，功效赛过藿香正气水，也是人们最喜爱吃的茶点，男女老幼都爱吃。

今天是小满，四月十三日，也是四弟的三岁生日。我拿上钓竿去上茶塘给四弟钓条新鲜的鱼吃，鱼钩甩出不久，鱼漂就动了起来，往回收线一看，原来是条粗大的黄鳝，哈！有一斤来重，四弟真有口福，将来有出息。随后钓了一条青鱼、一条鲮鱼。娘取出腊肉，摘了蒜苗叶子，炒出来的腊肉真香；还加了个韭菜炒鸡蛋。哈！四弟生日有肉、有鱼、有鳝、有鸡蛋，还有其他新鲜蔬菜，蛮丰富呢。

满婶和四姑今天上山摘栀子。满婶不小心碰着漆树，脸和手全肿起一层红疹疙瘩，连眼睛都肿得咪起来；漆疮疙瘩奇痒无比，发作很快，能扩散至全身。四姑拎着篮子，搀扶着满婶赶紧回家，喊安吉和娘来治疗。

春天太阳升至午、未、申时，山里面有股青涨气，这时漆树的叶子，散发出来的漆气，很容易使人外露的肌肤过敏，泛起红疹疙瘩——漆疮。当地百姓编一些口头禅来遏制漆气缠身。碰到漆树时，对着漆树说：“你是七（漆），我是八，你一来，我就杀。”

口头禅有时还蛮灵验的，我的分析是：人们自己给自己壮胆后，自身毛孔不会扩张，所以不吸漆气，就不会起红疹疙瘩；还有是清晨有雾、露水，漆气还没有散发出来，也不会起漆疮；再有是阴天，没有太阳照射，漆气散发不出来，不会侵害人体；还有是人体不出汗时，汗毛孔没张开，也吸不到漆气。

满婶现在正奶养着五弟，要是传给了五弟如何是好啊？安吉急忙来看满婶，喊满叔："满爷啊，去给满嫂子摘些野麻叶子来，捣碎，挤汁抹上，很快就会好。"

安吉说完后，拿块生姜切碎，又取出一把紫苏壳，抓一把红糖，放到一只大碗里，用烧滚的开水冲满一碗，盖上闷十来分钟，端给满婶喝，满婶喝得满头大汗。这时满叔已经摘回来野生麻叶子，立即捣碎挤汁，给满婶的漆疮上抹匀。半个时辰后明显消肿，满叔再给满婶加抹了一次，第二天早上皮肤全部恢复。

漆树，当地土名——漆床树。它流出来的漆是最优质的漆，我们的木床雕花全部是手工雕刻，总不是太光滑，用漆床树的油漆调制出来的油漆，漆出来的床雕，光泽清亮，图案清晰，手感柔和细腻。只是在油漆时，它的气味很浓，易得漆疮病，人们也就不是很重视它，反而讨厌它的存在，漆树没长大就被砍掉，来年它的根部发芽多，长得快，山中还是有很多小漆树。

这几天，大家有空时和晚上都来选晚稻种谷。田里、地里的活太多，男人晚上来选种；白天女人有空就来选种，选好了种谷，准备浸种。

芒种节气快要到了，大家开始做晚稻种谷浸种、发芽的准备。我担出种谷来，爹爹和满叔一块帮忙浸种，我将扮桶放置妥当，少取些稻草，因为天气已热，种谷不能捂得太厚……两天能发出芽来。

晚稻播种：我跟爹爹一起耕耙、耕耘、耕滚、耕平晚稻秧田，满叔拿锄头做秧田块沟道，给晚稻秧田块施肥，把早准备好的人粪便沤熟了，用粪桶担到秧田，散泼到秧田田块上。一丘秧田整出等待播种。

在芒种节这天，我、爹爹、满叔三人担着晚稻种芽谷来播种，三人半天播种完晚稻种谷。晚稻秧田里有很多麻雀来啄食，我们扎了两个稻草人，立在秧田中间，又拿来一只洋油桶挂在两个稻草人中间扯的铁丝上，只要麻雀落到铁丝上，铁丝晃荡洋油桶就会响，把麻雀吓走。

芒种节气到了，农家对早稻禾苗生长的口头禅是："芒种忙打苞，夏至像镰刀（弯）。"我巡视着禾苗，早稻禾苗已经全部孕苞，正忙着往出抽苞，禾苗发育很正常，抽苞都很饱满，苞节处青白不黄，表明稻无虫害，大家悬着的心踏实了。再有半个月禾穗就扬花散籽，像弯刀一样弯起来。

在芒种节气左右，中稻田作第二次踩田。这时禾田里的杂草也非常"茂盛"，要细心扯除，尤其是中稻禾苗长得粗壮，叶子还有些划腿，划胳膊，在踩田前，我们用棕包住小腿，胳膊上戴个套袖，以免被禾叶子划伤裸露的皮肤。

爹爹、满叔、满婶、四姑和我五人来踩田，这次施肥很重要，爹爹亲自上阵，第二次中稻踩田用了两天时间，因杂草太多。

我家的中稻是江南有名的红米稻谷和糯米稻谷。这两种稻子的禾苗长得高，稻谷都是长颗粒。红米稻谷是以红色的米粒而为名，是江南有名的红米，粒儿长，做饭很出米。红米饭，好看也好吃，白里透红，红米加南瓜熬成稀饭也很好喝；糯米稻谷是乳白色的长米粒，煮熟后粘性很强，做饭、光（汤圆）、糍糕等都好吃，只是不好消化，一次不要吃得太撑，经常吃能强壮身体。

中稻米的营养比早稻米、晚稻米的营养高，但稻田一年只能种一季稻谷和一季其他植物等，人们还是只作调节地块，充分利用稻田而适当种些。

芒种时节，雨水也相应的少许多，这时需要修整晒谷坪，作晒谷子的准备工作。去年冬季雨雪上冻时间长，对晒谷坪的损伤不小，需要重整修复。

晒谷坪被去年雨雪天气冻得起了一层粗皮，我和满叔要先拿着宽锄头和木板小耘耙，把晒谷坪上的粗皮轻轻地刮起，晒谷坪的表层是用牛粪粉刷光的。刮起扫成一堆，担到沤凼坑里作肥料。

然后，我们把晒谷坪的地面用拍地板子拍紧、拍平、拍光。“拍地板”是一块像撑鞋木形状的木板，一尺半长，六七寸宽，木板底面平整光滑，在木板上面后部掏一斗口，斗口中间横穿一根三至五毫米粗的铁丝，用两块一寸半宽、六七尺长的竹板片合住，插在斗口铁丝后面，竹板前头打眼固定在铁丝上，起到跷跷板的跷杠作用。双手一前一后握住竹板举起拍地，一下一下地拍下去，拍下去后稍往后拖一下拍板，地面更加平整。一般修地坪，修堤坝的坡，最后都用拍板平整地面。修晒谷坪更不能少这一道工序。

最后，我们清理牛粪储存池。牛粪储存池是在晒谷坪的当头截了一小节，挖坑后，用石灰、山沙、黄泥土、白膏泥混合，砌、抹、粉刷而成，非常光溜、结实、不渗水。清理完垃圾，看到冬天冻出来许多细裂纹，就像老人脸上的皱纹，密密麻麻的。必须细致地粉抹补修一次。

我们修复牛粪储存池：担来一担石灰，两担黄土，混合搅拌匀；取一块白膏泥，大概十来斤，将白膏泥加水稀释，成浆糊状。倒入搅拌均匀的石灰、黄土里面，边搅拌边倒白膏泥浆。搅和成粉墙的稠泥浆和稀泥巴，这种稀泥粘而滑。然后用稠泥浆把整个牛粪池粉刷一遍，等池子快干时再用稀泥巴粉刷第二遍，第二遍快干时，用稠泥浆与稀泥巴混合起来再粉刷第三遍。粉刷完第三遍后，在没干时，用抿子在上面平压抿几遍，使池面平整、光滑。这样就修复了牛粪储存池。

每天清早牛在出牛栏时都要拉屎，公吉每天在放牛出栏时，把牛粪接到篼箕里，投放到晒谷坪的牛粪储存池里，分散放开晒干，不能沤着，不能有杂质，是纯牛粪。等到收割稻子扮禾的前三天，把牛粪搅和成浆状，用稻草把子蘸上牛粪浆粉刷晒谷坪。

晒谷坪，又名禾堂坪。粉刷禾堂坪的牛粪必须是纯牛粪，不能掺杂质，否则就粉刷不平，露出土坪来，晒出来的谷子就会有沙土杂物。

用牛粪粉刷禾堂坪的好处是：利水、耐晒、防潮，坪面柔软，不怕谷丰芒尖刺扎等。

晒谷坪使用前的准备工作已经完毕，平时不得随意踩踏晒谷坪，在粉刷前还要用拍板拍平整一次晒谷坪，才能粉刷。至少要粉刷三遍牛粪才能使用。

芒种时节，也是我家水稻田最好看的时节：绿油油的禾苗，风一吹动，泛起层层绿波，弯曲的田塍衬托着波浪起伏，真是天然美景。

雨后天晴，禾苗散发着清香，天空湛蓝明净，隐隐地，空气中弥漫着青苗的清香，人走进田垅阡陌，轻轻地呼吸一口，心旷神怡，就会别有一番滋味在心头。

这一天，三姑父领着一个周姓的朋友来家做客，说是把周先生介绍给四姑作对象。这位周先生身穿中山服，长得很标致，说起话来彬彬有礼，年纪和三姑父相差不多。我觉得与四姑相配，还是可以的，只是四姑是大脚，他会不会喜欢啊？四姑躲在房间里绣花不出来，正妹悄悄地去告诉四姑周先生的情况。

喝茶后，三姑父说："周兄，看看我岳父家的周围环境吧。"直接领到四姑的房间窗口，有意地让周先生从窗户向里瞧。然后领到晒谷坪那边，向后山、梯田瞭望、交谈……

回来后三姑父说："周先生看到四姑坐在窗前绣花，乌黑的头发，肤色白而细嫩，与三妹有几分相像……"

周先生走后，我试探着问四姑："四姑，你看见他了吗？我觉得很好哎。"四姑抿嘴摇摇头，不说话。

后来正妹子说："四姑看见周先生了，好像愿意呢。"

我说："这就好。"

三姑父第二天来家里说："周先生看上四妹了，邀请爹爹和大哥去他家看看家境。"

公吉说："你告诉他四妹子是大脚吗？有二十岁了，周先生还愿意吗？"

三姑父说："在周先生来这里之前都告诉他这些了，他不娶小脚嘞，明天您们有空的话，先去看看他的家境吧。"公吉有好一会儿不说话。

爹爹劝公吉说：“爹啊，四妹不小了，男大当婚，女大当嫁啊！舍不得也是要出嫁的，有家境不错的人，就嫁了吧！”

公吉这才说：“好吧，明天老大你也一块儿去看看，帮四妹子参考参考。”

三姑父笑笑说：“这就好，这就好，明天我一早过来。”

送走三姑父，安吉心情特别愉快，四姑的婚事是她老人家一直牵挂的头等大事。我看到安吉高兴的样子，真像个老小孩哎。安吉年轻时肯定很漂亮，六十岁了，她的美貌犹在。

安吉说：“大家坐着，我去浸坛了里夹出浸菜来给大家吃。”安吉刚说完，娘接着说：“我去炒点南瓜籽来。”

不一会儿，安吉和娘各端来一盘小吃，大家都齐聚到了西堂屋，这个说：“这个年轻人不错呢。”那个讲：“大六岁，不算大。”热热闹闹地谈论了一番。

你一言，我一语的，就公吉不说话。平时公吉对四姑特好，挑担子啊，提东西啊，生怕累着四姑。四姑是公吉安吉最小的女孩子，四姑平时喜欢一个人呆在家做针线活，从不参与家中任何议事，更不表达任何意见，文静是她的本色。公吉是担心四姑嫁到别人家会受到欺负，回来还不肯跟娘家人说……

今天，三姑父领着公吉和爹爹去给四姑相亲。满叔扛着锄头去禾田巡视、看水等。我一个人闲着去菜土里看看，菜土的四周及田塍边上长了许多紫苏，紫苏是不用栽植的，每年掉下的籽籽来年自己发芽、长苗。我把长得很密的地方扯稀些，用藤条捆绑起来，拎回去。娘和满婶、安吉摘下嫩杆和叶子，晒蔫，洒盐，用手揉搓，把紫苏揉进盐味，再晒干做成紫苏小菜。

日后做鱼、做泥鳅，快出锅时散些盐紫苏很好吃。

尤其是做鲤鱼，多放些盐紫苏，能起到抗复发病的功效。人们常说吃鲤鱼引起旧病复发，鲤鱼是发病的——如果人有某种疾病已经好了，吃上鲤鱼后会又引发出这种病来，所以一般人不敢随意吃鲤鱼。如果在做鲤鱼时多放些紫苏叶子，就不会旧病重发。而且紫苏是很好的调味品，做羊肉、鱼、甲鱼、乌龟、泥鳅、螃蟹、虾等膳食时，放些紫苏会使味道鲜美好吃，并且不会因为吃这些食物而生病，又生津去痰。

云随风雨疾　风雨霎时息　迎云对风行　风雨转时辰

日落黑云接　风雨不可说　云布满山低　连夜雨乱飞

（天象气候农诀）

第十四章

十一月：初一西风疾病多　更兼大雪有灾魔

冬至天晴无雨色　明年定唱太平歌

（天象气候农诀）

公吉、爹爹、三姑父三人一行有说有笑地从周先生家回来。安吉说：“见你们兴致仆仆地回家，看来四妹子的婚事有着落了？”

爹爹进屋说：“家境相宜。这个伢子是三妹夫在外面的同事，两人共事四五年，都非常了解，绝对不会欺负四妹妹的。”

公吉一进屋就安排安吉准备嫁妆，说这户人家比较称意。公吉说：“准备嫁妆吧，门当户对，家产相宜。只是男家的公吉正在生病，想要尽快完婚，端午节来订亲，完婚的日子定在五月十一，只有十天准备嫁妆的时间。”

安吉说：“呀，时间太紧嘞，很多嫁妆还要缝、还要买啊。”

爹爹说：“全家都不做别的事，一齐动手，该进城买的由云大去买，我去叫大妹、二妹回来帮忙缝嫁妆。”

三姑父说：“三妹妹明天回来住，我也来帮忙干活、跑腿。”

大家都忙碌起来……

我去城里买胭脂花粉、新式头花、绣线、鞋扣等等。县城里有一家日货店，店里的东西比较新颖美观，胭脂花粉的香味比本地的香，那种清香持久不散，头花也很别致好看。

三姑父准备轿子、轿扛、轿帘子等。

爹爹准备四个箱子的抬扛；两只白鹅，一公一母，叫起来：“嘎——咯——(我——爱——)”

满叔串亲走戚，报喜请客喝喜酒等。

公吉给最小的女儿陪嫁的木盆、木桶等木器再刷一次桐油，刷得光泽耀眼，清亮照人。

安吉和娘又是做子母扣，又是缝头盖巾……

端午节这天，也是四姑订亲的日子。清早起来，安吉端着雄黄酒，洒在屋里、屋外，然后给我们每人的额头上抹雄黄酒，夏天游泳不溺水的，给二弟、三弟、四弟、五弟每人的耳、鼻、额头、面颊都抹上雄黄水。以避毒虫、蚊蝇叮咬，驱散瘟疫毒气等。

公吉采回艾蒿、淡竹叶。满叔搬楼梯来把艾蒿悬挂在天户上，娘用清水泡上淡竹叶，准备晚餐包粽子吃。大家中午都吃四姑的订亲宴席。

趁早晨鱼儿出来觅食，我拿上钓鱼竿去上茶塘钓了两条青鱼；爹爹杀了两只大公鸡；娘做扣肉；满婶去菜土里摘了开园的辣椒、黄瓜、豆角、砍一棵莴笋、黄芽白……

早饭后，安吉煮了端午节五味汤：金银花、干草、淡竹叶、薄荷、艾叶熬汤，熬前每人加煮一个鸡蛋。端午节喝五味汤是习俗，夏天不长痱子；端午节这一天，小孩的手腕、脚腕系五色线，腰带系艾叶香包等都是端午节的习俗。

三姑父这个介绍人还真像那么回事，领着周先生和他的兄弟们，挑着担子来订亲。担子里面装的订亲物有：猪包臀两个、四块五花肉、四只活鸡、四坛酒、四块布料、十五把蒲扇、一个手镯，还有礼金等等。

周先生这次来订亲才真正地见到我四姑的全貌，在四姑房里和四姑坐谈了一会。见到四姑后，周先生非常满意，四姑也觉得周先生是她理想中的夫君。真是人逢喜事精神爽，四姑这几天显得更加漂亮了。

这几天全家都忙着办喜事，总觉得有做不完的事。我再去问安吉还有没有事做，看见安吉手拿一根线，口里含着线的一头，一只手抓着线的另一头，另一只手捞着线往四姑脸上捻。哦，这是安吉给四姑出嫁前"开脸"，我们当地的女子出嫁前都要开脸，也是习俗。

安吉见我进去忙说："你去问你娘有事没有。"我转身就走，听安吉又说："看来四妹子你头胎生伢子嘞。"我当时不知道是何意，但知道是因为我进去了，我是伢子。

明天四姑出嫁，今天下午男家要来女家送聘礼，娘把我叫去说："云大啊，今天晚上你不要出去，也不要干活，只陪四姑父，学着点礼仪、礼节、说辞、称呼，等你明年讨堂客就懂了。

一些事情是不好传授的，只能多看，心里理会。”

我的脸红到耳根了吧，觉得烫烫的，第一次有人和我说这些。看来明年我也要成亲？我也要像满叔那样，自己还是个伢子就要生伢子？我要是像四姑父那样大娶堂客的话，那我还能轻松十年呢。唉！不想了，学学也罢。

记得满叔娶满婶时，亲戚们给我一个砂罐子，一根筷子，要我用筷子敲打着砂罐子问满婶要红包，这叫闹洞房。那时我才十二岁，与满叔从小玩到大，每天和满叔缠打在一起。闹洞房讨红包，一连要了三个红包还在新房里闹腾，呆在新房里一直敲砂罐就不出去，敲呀敲。

满叔在我耳边说句悄悄话：“你跟我一起睡吧，别出去了，等你娶堂客时，我也学着你这样闹新房。”

我赶紧跑出来喊着：“我走了，满叔亲满婶了！”新房外边的人都哈哈大笑。时隔四年，满叔已是两个伢子的爹爹了。

下午，大姑父、二姑父准备好鞭炮，从晒谷坪边起通过院地坪摆到正堂屋，真是一路长炮。我家的亲戚们也陆续来了，都送来陪嫁品：被面、床单、镜子、盆、布料等等。谈笑风生，热闹非凡。只有我学着四姑文静起来，我此时是家里最沉默的一个人，想高兴却高兴不起来……

自从搬进太吉屋里，心里好像有块硬邦邦的东西，压得我喘不过气来。三姑豪爽开朗，她在家里时，家中生气勃勃，连四姑都活跃许多，我也无忧无虑、积极乐观地耕种干活；现在的家，只是为干活而干活，一切都沉浸在不言中。太吉去世后，爹爹也好像变了个人似的，有些沉默寡言起来，直到四姑的婚事定下来后，脸上才有了些笑容。

啊！听到唢呐乐器和敲锣打鼓的声音，送聘礼的人来了。我躲到自己的房屋,等四姑父进堂屋行礼时,我好在房门口观望,也能听到说话，真的学学吧。

鞭炮声响个不停，一直响到了堂屋，聘礼都摆放在堂屋下面的地坪里，四副担子里满满的，还有两顶轿子：一顶大红轿、一顶朱红轿，显得高贵而富丽美观。来看热闹的人成群结队，说说笑笑："四姑娘找了个好人家""四姑娘有福气""周先生气质非凡""郎才女貌真般配"等等。

公吉、安吉在上位落座，四姑父给两位老人磕头，改口叫爹、叫娘。公吉、安吉都给四姑父一个红包，然后站起来在新客位置上落座。三姑父这个介绍人给公吉递上礼单，公吉过目后交给了爹爹。

爹爹宣读着礼单上的聘礼，这时亲友们都静静地听着。随后是议论声声："呀，真体面""新郎长得标致""文质彬彬的""家景不错""就找大脚姑娘""天生的一对""真是天配姻缘"……

在一片称赞声中聘礼单宣读结束了。其实，聘礼多，陪嫁的也多，不会比聘礼少花钱。聘礼中的大多是吃的，吃的礼品有多数是送给女方至亲的礼，如：送给女方舅舅、叔叔、兄、弟的礼，都是吃的酒、肉、鸡等等。女方陪嫁的却都是当时贵重些的物品，陪嫁品价值比男方聘礼价值要高许多。

礼完毕，大家开始就请晚宴，聘礼晚宴席和回门酒席都是正席，一样的丰盛。大家按辈分就坐后，每桌一个菜一个菜的上菜……

因为四姑父家离我家比较远，爹爹安排他们在邻居上屋里住下，等待明天接亲。我送两席菜、一斗米到上屋里，做明天早上的早餐。习俗婚前不能在一座房子里住，大姑父、二姑父做陪，并做早餐。

……

今天是四姑出嫁的日子，早餐过后，大家齐聚正堂屋和地坪等待发亲，至亲们穿戴整装完毕，准备送亲。

安吉亲手给四姑梳头，口里念着："一梳梳到底……"。然后披上盖头。

正堂屋里，摆设着香案。公吉和安吉坐在上座。四姑拜别老祖宗、公吉、安吉和亲友。由三姑和男方来接亲的女子搀护着四姑坐到大红花轿里，然后把三弟、四弟坐在四姑的两旁压轿。

花轿子在唢呐和锣鼓声中抬起……四姑出嫁了。

送亲的至亲有舅、兄、弟、侄，包括我，提着陪嫁品去送亲。公吉和安吉在当天是不能去送亲的，这里的习俗是嫁女儿爹娘不能当日送亲。爹娘是第二天清早由新女婿来家接去就请早餐，这是必须去的，否则认为是对这门亲事不满意。如果第二天早上新女婿没有来接丈人、丈母娘，就表示对新娘不满意。女婿一般都会去接请岳丈岳母的，叫做请大亲吃饭。

男方要给送亲的每个人礼物或红包，给丈人和丈母娘更贵重的礼物。

第二天清早，天刚蒙蒙亮，四姑父带两抬轿子去接请公吉和安吉吃早饭。公吉、安吉穿戴着新，气度非凡；安吉坐着四姑父亲自抬的轿子，心里暖洋洋的。四姑和家爹、家娘一齐在地坪里迎接公吉安吉，四姑上前与四姑父一齐扶安吉出轿……

早餐也是正席，两亲家谈笑风生，对这门亲事都非常满意，夸其为天配良缘，天生一对。

吃了早饭后，我们道别亲家回家。亲家母给每个送亲的人一个红包，给公吉、安吉一块上等缎面，还回一席酒菜给没来送亲的姊妹吃。

亲家发高亲，用鞭炮发亲送行：放鞭炮送别公吉、安吉和所有送亲的亲人。我回头再看看四姑，四姑早已泪流满面不舍亲人，陌生的环境需要她一个人去支撑，四姑在家时很能干，里里外外的事儿都能做，手红也不错，在家快乐无忧的她，只是不爱说话，出嫁后恐怕要多几分忧愁。

安吉说："四妹子呀，明天你回门就能见到娘，进屋去吧，别想家。"

公吉说："伺候好家爹、家娘，多孝顺婆家公吉，小两口要相互尊重，与婆家兄弟姐妹及亲友和睦相处。"

四姑说："我会和大家相处好的，请爹娘放心。"

安吉慢步进入轿子坐稳后说："起轿。"

爹爹紧跟在安吉的轿子旁边，给安吉护轿。

亲家派了几个汉子抬着安吉的轿子走在前面，公吉执意不坐轿子，跟我们一块走着回家。

三弟、四弟坐在公吉的轿子里，我告诉他们坐稳，不许睡觉，睡觉很容易摔出轿子的。我和满叔抬着他们回家，走一段路就停下检查他们是否睡着了。

送亲回来后，我觉得整个屋子里更加沉闷起来。自从三姑出嫁后，就数安吉和四姑最疼我。我七岁从外婆家回来不久，三姑就出嫁了，我和满叔上学堂，经常在路上惹事生非，如：

拔人地里萝卜、摘人菜地黄瓜、挖人红薯、爬树掏鸟窝……

没有公吉接送的日子里，有一次，我和满叔在回家的路上，拔人地里的萝卜，我拔了一个，满叔拔了两个，一个放书包里，一个边走边吃，结果被人告状了。爹爹是最爱脸面的人，生怕伤了邻里之间的和气。等我们回家后，爹爹拿着竹枝条就往我屁股上、小腿上抽，这时四姑赶紧跑来护着我，等待安吉来骂我爹爹，不许爹爹伤我。满叔也跑过来说情，说是他干的，与我没关系。

我知道我做错了，可就是嘴上不认错。满叔嘴快，立刻承认："我再也不了，大哥你放过我们吧。"

太吉听到打人，也出来问为什么要打人，爹爹只好收手不打了。然后，爹爹把我们自家的菜和瓜给人家送去赔礼道歉。

爹爹不打满叔，满叔是他的弟弟，应该由公吉来管教。公吉也从来不打满叔，一来满叔是公吉最小的儿子，二来满叔有太吉护着。每次闯祸只有我一人承担被打的"责任"，多亏有四姑和安吉护着我，才免了更多的皮肉之苦。

大姑、二姑、三姑这十来天一直在家帮着准备四姑的嫁妆、干活，安慰安吉。四姑出嫁后，她们也暂不回去，等着四姑回门和多陪陪安吉。

四姑出嫁的第三天，是四姑回门的这一天。爹爹、三姑父、满叔和我，我们四人抬上三姑父准备的花轿去接四姑回门。

一路上，三姑父说起他和四姑父在外面同事时的往事：他们原本在湘潭做事，后来去了重庆，又从重庆到了广州，而后又一块离开广州回到湘潭。回到湘潭后，又去广州完成了一项任务回到湘潭。经历了许多艰辛困苦，也为革命奉献了自己的青春年华，最后共同商议回家务农。

说话间已到四姑家，四姑和四姑父都已经准备好回门，我们进堂屋，见了亲家爹、亲家母，相互问候了一番。喝杯茶歇息了一会，去看望了亲家公吉。然后，请四姑上轿，四姑父不让爹爹抬四姑，争着要亲自抬，就这样，四姑父亲自抬着四姑回门了……

我们抬着四姑快到晒谷坪，大姑父放起了鞭炮，鞭炮声响彻云霄啊！在山谷里回荡着，犹如万炮齐鸣欢迎四姑回娘家。大姑、二姑、三姑、娘、满婶、弟弟妹妹及亲友们都在等候四姑回娘家，只有安吉在房间里等候四姑。

到了堂屋门口，爹说：“落轿。”我们四人共同弯腰落轿，大姑、二姑、三姑一同上前扶四姑出轿，搀扶着四姑进了安吉的屋。四姑坐这么久的轿子一定很累，先歇息一会儿再给公吉和安吉行礼。

三个堂屋里坐满了来喝回门酒的亲戚朋友，正堂屋里的长辈们等待新郎认亲，并给红包。

一会儿，四姑手挽着安吉到正堂屋，安吉落座后，四姑和四姑父给公吉和安吉行礼。行礼后公吉和安吉各给个红包：“祝你们早生贵子。”

然后公吉说 ：“四女婿，我的四妹子就交给你去疼她，爱护她，不得再娶妻妾，不得拈花惹草，不得打骂四妹子。”

四姑父说：“是，是，一定，一定。我只会疼四妹妹，爱四妹妹，终身就四妹妹一个堂客。”

爹爹接着说：“四妹子，要孝敬家爹、家娘，孝顺长辈，勤劳节俭，早起晚睡，相夫教子。”

四姑红着脸说："请爹爹和娘放心，我会做个好媳妇、好女人的。"

公吉这才说："四女婿，去见过亲友。"

四姑领着四姑父，依照长幼，给四姑的舅舅、舅母、姨父、姨母、姑父、姑母等长辈们行礼，收获了二十来个红包。

午饭后，四姑和四姑父回家去，在回家之前，四姑父给所有亲戚的小辈孩子们每人一个红包。

所有亲戚们出来送四姑、四姑父。大姑、二姑、三姑拥着四姑，舍不得分手。一般来说，安吉不应该出来送的，但安吉执意要我扶着她老人家出来送四姑。

安吉泪流满面，不舍四姑，说："四妹子啊，常回来看娘啊，娘在家盼望你回来。"四姑见安吉出来了，又转身回来和安吉抱成一团。在大家的劝说下，四姑恋恋不舍地坐上二人抬轿子，回婆家了。

大家目送四姑过了茶籽坳，才陆续进家。

然后，亲友们陆续地告别公吉、安吉回家。大姑、二姑、三姑依然在家里陪安吉。

四姑出嫁了，家里又少了一个帮手。

大姑、二姑、三姑、满婶四人提着茶篮筐，担着箩筐去菜地里，摘辣椒、茄子、豆角、黄瓜等。

第一波长成的辣椒摘了一箩筐，辣椒最多，半筐茄子、半筐黄瓜。长豆角放在辣椒上，满婶担着箩筐担子，四人高兴的回来又洗菜，又切菜，又晒菜的，忙得不亦乐乎。

摘下的青辣椒，整根地晒成白辣椒，腌坛子里，腌熟了再晒干变成白辣椒，冬天炒腊肉吃很香，用白辣椒与紫苏一块切碎，晒干放到瓷坛里，招待客人时，摆出来是味道鲜美的好小吃；红辣椒切碎做成红辣酱，把晒干的白萝卜丁和白萝卜条放里面搅匀，放入坛子腌制十天半月就熟了，舀出来吃的时候再加上蒜泥，喷上茶籽油，吃起来又香又下饭。还摘了二十来块长刀豆，长刀豆有一尺来长，长得像铡牛草的铡刀，厚实，晒蔫了切成丁，搅拌到红辣椒里腌到发黄，发黄就是熟了，吃起来比萝卜丁还好吃，脆脆的，也是下饭好菜。

茄子切片，晒成茄子皮（干），腌制出来也是冬季好吃的菜。

现吃菜，一般都是在菜土里现摘现吃，新鲜菜更好吃，多余的菜一般晒干储存，以备冬季没有新鲜菜的时候吃。坛子装满后，就把菜送到楠竹山集市上去卖掉。

四姑办喜事的这几天，我只是早上去水稻田里看看，还是不放心，就怕抽穗时长虫子。我扛着锄头去巡视一遍。

禾穗长势不错，大多已经开花、扬花，开始灌浆、弯头，在抽苞处没有发现黄斑节——没有长虫子。节白、苗绿，禾苗生长正常，禾穗长势很好，禾穗上部分已经低头，再有两天就夏至了，夏至时节的禾穗像镰刀。我今天能安心的睡个踏实觉了。

梅子熟了，我搬来梯子，娘和满婶拿着茶篮筐子来捡梅子，我把手能够着的摘完，手够不着的用脚蹴或手摇，撒落在地上，再没掉下去的用竹篙敲下去，娘和满婶在地上捡。我摘下的是完整的好梅子，留着以后吃，在地上捡的梅子先吃。

三姑有喜了，满婶提了一篮子鸡蛋和一布袋梅子送去。在三姑家吃了中午饭才回来，带回来一块狗肉。

安吉把狗肉切成块，喊我："云大，去窖里拿三个大萝卜出来炖狗肉。"

我拿出萝卜洗干净，抓一把大茴香，娘接过萝卜也切成方块放进炉锅子里，再把狗肉、大茴香也放进炉锅子里，加水淹盖着萝卜和狗肉，将炉锅子挂到围炉的梭筒钩上。拿柴点着火，开始炖狗肉萝卜。

我们农家有讲究的，狗肉是不在灶锅里炖煮的，说灶王爷和二郎神会生气，惩罚我们，所以人们都在围炉里炖狗肉。

娘炖上狗肉说："云大，去抓三把紫苏壳来熬汤，每人喝一碗紫苏壳汤，先发一下身子再吃狗肉，不然狗肉太补，会脸肿、气血不畅的。"

我赶紧答应："哦"。搬楼梯到西金墙的屋檐檩上抓了三把紫苏壳，给娘煮汤。

公吉喊我："云大啊，去叫二舅来吃狗肉，把大舅也一起接来。你太吉生病时，你二舅来看病好几次，得答谢答谢啊！"

我把大舅、二舅都请来了。大舅、二舅弟兄俩都喜欢钓甲鱼，拿摇车子放线，一般不落空，正好他们还有两只活甲鱼，也带来我们家。

大舅教我杀甲鱼，用筷子捅进甲鱼的嘴巴里，用布包着甲鱼头，舀一碗浓度高的米酒，拿尖刀在甲鱼脖子上杀一刀，提起甲鱼尾部，把甲鱼血流到米酒碗里，用筷子搅匀。这碗甲鱼血米酒，等饭前大家喝。

我破开甲鱼肚皮，取出甲鱼胆，也舀一碗高浓度米酒，轻轻地划开甲鱼胆，把胆汁滴入这碗米酒里，用筷子打散开，等饭前大家喝甲鱼血酒之前先喝甲鱼胆汁酒。这样不会因甲鱼血太补而伤身体。

娘把洗好的甲鱼在灶锅里炖好，甲鱼很好熟，一煮就烂。

我们在晚饭前半小时喝了紫苏壳汤。

吃晚饭：先把甲鱼胆汁酒倒匀六杯，大舅、二舅、公吉、爹爹、满叔和我每人举杯干杯；然后把甲鱼血酒倒匀，再次举杯干杯，第三杯倒米酒干杯。

喝甲鱼血是有讲究的，甲鱼血太补，必须先喝甲鱼胆汁，这样调剂着喝，既补身又不上火、不伤身。

三杯过后大家高高兴兴、快快乐乐的饱吃了一顿狗肉萝卜和甲鱼及甲鱼汤，又补又香，很久没有这样吃了。

云从龙门起　飓风连急雨　西北黑云生　雷雨必震声

云势若鱼鳞　来朝风不轻　云勾午后排　风色属人猜

（天象气候农诀）

第十五章

十二月：初一东风六畜灾　倘逢大雪旱年来

若逢此日天晴好　下岁农夫发大财

（天象气候农诀）

今天夏至，天色不错，天南方有赤云、微南风，预兆今年是丰收年。

我照常去稻田看水、看禾穗。走到槐树丘，看到有个人影在田塍下面的稻田里，猫着腰，是谁？走近一看是满婶，满婶在盘泥鳅。

我叫了一声："满婶，这么早啊。"

满婶抬头起身说："云大，看水了。我盘点泥鳅中午吃，早上泥鳅没醒，好抓。"

我微笑着嘱咐满婶说："满婶啊，稻穗有的还在扬花呢，你慢些，小心碰到禾穗嘞。"

满婶说："嗯，我很小心的，不会碰到的。你娘很想吃一顿泥鳅，她想自己来盘泥鳅，我说我替她来盘泥鳅。云大，你又要当哥哥了。"

我惊讶地说："娘又有喜了？这、这是生第五个了，加我六个……"

我有一种预感越来越强烈，我们这个大家庭可能不久就会分家，上次太吉去世后，公吉和安吉、满叔和满婶之间那种意见不一。公吉、安吉毕竟年近花甲，管得了一时，管不了一世啊。唉，树木长高必开杈，家庭人多必分家啊，唉，顺其自然吧……

夏至的第二天中午，公吉还在山上放牛没回来，突然响起了响雷，风云聚变，一阵冰雹噼里啪啦地下了一刻多钟。雷声把牛惊得到处乱跑，公吉费了很大劲才把牛赶到一块儿牵回家。回家后，公吉的嗓音变嘶哑，淋了冰雹，因为天气冷热急速变化而受了风寒、风热，生病卧床。

安吉赶紧给公吉扯痧，背部、脖颈、手肘弯都扯痧成紫红色。

安吉说："云大，去拿五个山梨、十粒川贝母、一把淡竹叶，叫你娘用砂锅熬上半柱香，给公吉吃。"

娘在门外听到说："娘，我已经熬上了，一会就端来。"

爹爹赶紧去叫二舅来给公吉看病。我拿把伞追上去："爹爹，带把伞。"

爹爹停住脚步，接过伞说：“大伢子，你去稻田、秧田看看，稻子、秧苗有没有受到损失，没有损失就回家陪在公吉身边。”

我答应说：“哦，您放心去，别着急，家里有我呢。”

和爹挥挥手，我赶紧去稻田、秧田里、菜土里看了一圈。主要怕秧田的秧苗受到损失，晚稻全靠它，最近天气太热，我怕晒坏秧苗，放的水比较深，还好，中午水是热的，冰雹下来就在水里融化了，秧块上的水也还是热的，伤不着秧苗。菜土里面只有黄瓜比较娇气，不过也只是刚开花的黄瓜会受难，损失不大。

夏季南方下冰雹一般都在午时至酉时之间，晚稻秧苗播种后，每天傍晚时分及清早太阳未出时观天色。如天色有变要防雹子，将秧田水放深些，如太阳太厉害，也将秧田水放深。

夏季傍晚太阳刚下山后观天色 ：如果太阳带晕，晕比较大时，第二天准有天气异常，不下雨就刮风；如果晚霞是乌云盖日，第二天准有冰雹；如果傍晚天翻黄、日落处是浑黄而云厚，第二天会有瓢泼大雨或冰雹。

清早太阳未升起时,东方天边有乌云,白天会有阴天或下雨;清早东方多半边天都是白色鲤鱼斑云，白天太阳晒得你起层皮，晒谷不用翻，能晒透晒谷坪里的谷子，老农常说：“天上起了鲤鱼斑，晒谷不用翻。”清早东方是乌云压住红云，到日中恐怕有冰雹。

今天早上就是乌云压住红云，早上公吉起晚了没看到早上的天气。

我巡回一圈田地，回家后坐到公吉床边，安吉已给公吉喝过梨汤。

我告诉公吉：“公吉，我去看了一遍稻田的禾穗和秧苗、菜土里的吃菜，都没有受到损失，您老人家放心。您是这几天忙四姑的婚事累了，没休息好，身子上火，突然下冰雹，身子一下子承受不了才生病的。二舅来给您看看就会好的。”

公吉点点头，我又说：“您安心的休息，多睡一会，养养神。”我帮公吉把被子往上提了提。

安吉说：“云大，你去舀一小碗扬尘出来，我给你公吉敷个扬尘粑粑。”

我赶紧舀出一碗扬尘灰给安吉。安吉用温水调和扬尘灰，因受风寒不能用雪水，边倒水边和泥，把扬尘调和成了黑泥粑粑，拿块四方棉布包好扬尘，贴在公吉的胸口。

爹爹带来二舅，二舅急匆匆地来给公吉看病，二舅号脉说：“您是太累了，受了风寒，我开几副药给您吃，很快就会好的。”

公吉嗓音嘶哑地说：“谢谢你啊，唉，老了，该去的地方就去吧，我没有牵挂了，四妹子也嫁了。”

二舅急忙说：“不会，您的身子硬朗着呢，休养几天病好了，去帮我看看那头牛，是陶家弯的，两岁。”

公吉说：“是头黑黄牛？”

二舅说：“是啊，陶三家的。”

公吉说：“我去看过那头牛，还算是上等货吧，您看看它的裆是不是长开了些，我去年看时，裆稍有点窄。”

二舅说：“比去年稍好了些。”说话间，公吉嗓音变得好些了，没有那么嘶哑了。

二舅又问：“亲家爹，您是不是贴扬尘粑粑了？”

安吉忙说：“是的，贴了有半个时辰了，该拔掉了。”

二舅说："没事，再稍贴一会，我把药方修改一下就行。"

爹爹拿上药方和二舅一块抓药去，我给公吉揉揉臂膀，多陪陪他老人家。

公吉对我说："云大啊，清早公吉躲懒了，起得晚，没有看到天气，要不我会在午时前回来的，就躲过这场冰雹了。"

我说："都是我不好，没有注意到您老人家放牛没回来。"

公吉说："你是个好伢子，我的长孙是个孝顺懂事的伢子。将来李家的祖业就交给你掌管，你要和满叔及弟弟们调理好关系，不能偏心哪一个。"

我答应说："好的，我会同样对他们好的。"

公吉又说："祖上有规矩，只要长子、长孙的脑壳不呆，就要继承农家耕种农田的所有技术、技巧的，你学得不错，掌握得比较熟练，公吉放心啦。"

我说："公吉啊，我还有很多要学的呢，对猪、牛生病如何搭理还不会呢。"

公吉说："伢子啊，你听啰，我给你讲：你看见牛吃草时，嘴角边有白沫，牛鼻子流清水，是牛湿重，你给它吃点茶枯和香芋子草；看见牛的舌头发红时，屙的屎也是硬粒粒，还不太想吃草，是牛火气重，你就给它洗洗澡，给它吃薄荷苗和淡竹叶。"

我听着，记着，答应着："哦。"

安吉过来说："老头子哎，来，我给你拿掉扬尘粑粑。"安吉揭开公吉衣服，取出扬尘粑粑一看，还真的有"毛"。是那种长丝丝，我们土话叫"毛"，也叫做"汗毛疔"，是从毛孔里吸出来的东西。

我立即用热乎乎的手将公吉的胸脯捂住，轻轻地揉揉，让张开的汗毛孔收缩回去。

公吉继续说："猪屙的屎太粗硬时，你给猪吃些野麻的叶子、滑皮子树叶（皂角树叶子）；猪屙的屎太稀时，你给猪多加些粗糠皮子（谷壳皮），喂苋菜子或干红薯藤。"

公吉翻了翻身，继续讲："猪婆子生了仔，没有奶子吃嘞，你捞些米虾在滚开的潲水里烫一下，跟猪潲一块喂猪，不到半天猪仔就会有奶吃。"

公吉停了停再继续说："米虾是发奶最好的东西，堂客们生了伢子，用猪的前蹄子和米虾炖煮、炖烂连汤一起吃，发奶也很快，奶汁稠，营养高，伢子长得胖。"

我一边答应一边给公吉按摩背，公吉说话声音已经清晰不嘶哑了，说着说着睡意绵绵了。

我说："公吉您休息吧。"给公吉盖好被子，轻轻地走出来。

安吉见我出来，问："公吉睡觉了？"我点点头，安吉便进去招呼公吉。

爹爹捡回公吉的药来，给娘去熬药，我连忙过去说："娘你歇会吧，我来熬药。"我已经知道娘有喜了，不能让她老人家闻药味。

一会儿，满叔、满婶从红薯地里回来，赶紧进公吉屋里看看公吉……

红薯第二次除草是在夏至左右。除草晚，长出小红薯来就不太好除草，而且迟施的肥料长出来的红薯不好吃，也不好储存，容易发烂。

满叔、满婶是给红薯地里作第二次除草、施肥。主要把红薯藤茎须拔起，拔了草，松松土，将红薯藤重新摆一下位置，让阳光充分地晒到土里面，促进红薯在地里面的生长。然后再施肥。

红薯第二次除草后的施肥：一般是用储存半月以上的人尿作为红薯结果前的肥料，加适量的水后用尿桶长瓒（土话念“袖”音）子舀上，往红薯眼里浇肥。人尿里含有磷、尿素，与栽红薯苗时土眼里的茶枯浸透合成上好的有机肥，有利于地里面植物果实的生长。

公吉的药已经熬好，我拿来碗倒好药，给公吉送去。

安吉说：“你公吉睡觉了，把药盖住些，等一会给他喝。”安吉正说着，公吉翻身过来：“给我药吧，满伢子、满嫂子，你们啥时候来的？”

满叔说：“刚刚回来，赶快来看您老人家，您睡觉了，没敢打搅您老人家。”

满婶接着说：“您老人家觉得好些了吧？”

公吉说：“好多了，唉，人老了，经不起风雨啊，年轻时这点雹子算什么呢。唉，不服老不行啰。”

安吉吹了吹药，觉得凉了些，递给公吉喝。公吉刚喝一口就说：“二舅给我开的药这么苦啊，云大，去给我拿块糖来。”

我给公吉拿了块“糖枝丫”糖，公吉含到嘴里说：“嗯，甜，甜，就是粘牙。”

看到公吉好多了，我心里这块石头终于落地了，公吉要是有个三长两短的，要维系住这个大家庭，恐怕得多动脑子啊。

公吉有安吉照顾着，我和满叔、满婶一块去红薯地里除草、施肥、摆红薯藤，做得要细致些，所以做了三天才做完。

爹爹这几天搭理水稻田和菜土里的活，回到家不多说话，常常抽闷烟，我想找个空隙跟爹爹坐坐，有没有要交代我做的事情。

我清早起来看见爹爹去早稻田里巡看，我也随着扛把锄头跟在后面。爹爹看到我也来了，笑笑说："大伢子，你来得正好，爹想跟你商量商量，爹爹想给你找门亲事，过了年，春天完婚，行不行？"

我说："爹爹，我现在还不想考虑嘞，娘有喜了，不能受累嘞。我自已也想学四姑父那样，等二十多岁以后再说吧，年纪大点讨堂客好些。"

哦，原来爹爹是在考虑我娶堂客。四姑出嫁花了那么多钱，我娶堂客花钱更多，是在考虑钱的问题，还有人多了，房子也会紧张起来啊……

爹爹说："有好妹子的话，先订一门亲，行吗？"

我说："爹爹啊，一旦订了亲，女方要求结婚的话，还得早办喜事，我想先不订亲，等二十以后看好了，马上结婚办喜事那多好，我就喜欢像四姑这样见面十多天就结婚。订了亲经常得走动送礼，也不少花钱呢。"

爹爹笑着说："你这个伢子，蛮聪明呢，好，爹依你。"父子两人有说有笑地把早稻田和中稻田都看了一遍，又去晚稻秧田里看了看，秧苗长势不错。

自从这次和爹爹交谈后，爹爹脸上有笑容了，我的心情也比四姑出嫁后的那几天好多了。

中稻田里的禾苗这两天就要抽苞了，苞节明显发白起来，节上面开始孕养小肚肚了。长势也很正常，今年前半年家里做事都还顺畅。

今天巡看稻田，经过上茶塘和下茶塘，塘里鱼儿在散籽，有的跳起有一丈多高呢，此起彼伏，拍得水面荡起层层水浪冲击，啊！很壮观！

我把三弟、四弟、满妹都叫来看鱼儿散籽，一个个拍手叫："跳！跳！……"满婶把老五抱来了，茶塘冲七户人家的孩子都来看鱼儿散籽。

这下我得注意他们的安全说："大家不许到塘边上看，来，到我这里来。"大家都听我的话，全到我跟前。哈哈！我成"孩子大王"了。

中午，我回家吃午饭，刚到屋门口的池塘边，就看见到处是蜜蜂在打架，槐树上的蜜蜂在打，池塘边草上的蜜蜂也在打，水面上空成群结队的蜜蜂在团击，有的落在水里挣扎，这可怎么办啊？正发愁着，见爹爹戴着斗笠，捂严实脸脖出来了，看到我说："大伢子，蜂窝里又多了只蜂王，你慢慢地从塘边上走过去搬楼梯来。"

我说："哦，爹爹你小心哦。"我搬过楼梯来，轻轻的架到槐树上，爹爹爬上了槐树，将一块蜂窝割起，粘到树上的另一个枝杈上，一会儿那块蜂窝上面沾满了蜜蜂，池塘上、地坪里飞舞的蜜蜂不打架了，都飞到了自己的蜂巢里。

我进家一看：三弟、四弟、满妹的手上、脸上、头上、额头上、脖子上都被蜜蜂螫了，娘和安吉、满婶在给他们抹雄黄油呢。

"叫你们不要跑，就是不听，跑得更快。"安吉边念叨边给满妹抹雄黄油，安吉为了保护他们，自己的手也被蜜蜂螫了一嘴。

三弟见到我说：“大哥，蜜蜂在坪里打架，我去把它们赶开，它们还来螫我，不讲理。”

我说：“三弟、四弟、满妹，你们以后看到蜜蜂在打架，千万别去碰它们，是它们在争地盘哦，它们会螫你的。”我轻轻地摸了摸三弟的头：“也不要跑，你跑的时候有风，蜜蜂会追着风来螫你。”

三个人齐说：“知道了。”

白达子和达耳子在我裤子上蹭来蹭去的，我低头一看白达子和达耳子的嘴豚子上也被蜜蜂螫了。我从娘手里接过雄黄油，给白达子和达耳子的嘴豚子上也抹上雄黄油。

三弟接着说：“白达子、达耳子来帮我们赶走蜜蜂，也螫了，它们是好哥们。”三弟用手抚摸着它们。

我对白达子、达耳子说：“谢谢你们，最忠实的朋友，你们以后也要小心哦，蜜蜂是不怕你们的。”

白达子和达耳子“喔、喔”叫着，似乎听懂了我说的话。

很快就到小暑节，小暑节气就要开镰收割早稻，我们事先得把晒谷坪准备出来。

我和满叔担水倒入晒谷坪的牛粪坑里，搅和牛粪先浸泡着。我们用拍地板子把晒谷坪再次拍光。

地坪拍光后，我们拿竹竿尖头绑上草把子，就像一支大毛笔，把牛粪搅匀，用木桶装上提到晒谷坪边上，用草把子沾上牛粪往晒谷坪上刷，边刷边退。先刷一遍，等干了再刷，今年公吉攒下的牛粪很多，这样刷了五遍才刷完牛粪，今年的晒谷坪很平滑，牛粪也厚实。

今天趁闲，和满叔来开化生石灰，我们把生石灰担到院地坪里堆好，安吉用黄草纸包了十四个鸡蛋，我一个一个单独浸好水放到生石灰上，做这个得手快，因为生石灰见水就化开，不然热气会冲到手上烫伤手的。然后和满叔一齐往生石灰上倒水，刹那间，生石灰噼里啪啦炸开了花似的，热气直冲上天！生石灰熟了，变成了粉细的石灰粉。

石灰粉很快就把鸡蛋盖住，五分钟后，用夹钳夹出鸡蛋，啊，黄草纸已经全烤干了，鸡蛋也都熟了，安吉拿来茶盘，装回去鸡蛋拨掉黄草纸，给每人一颗鸡蛋吃，石灰烤出的鸡蛋吃了下火的。但是，黄草纸包得薄，水分不足时，就会把鸡蛋炸飞一丈来高，如同放炮一样“嘭”地一声飞向天空，炸散的鸡蛋不能吃。

晓云东不志　夜云秋过西　乱云天顶纹　风雨来不稀

风送雨倾盆　云过天暗昏　红云日出生　劝君莫远行

（天象气候农诀）

第十六章

农谚：四月芒种雨，五月无干土，六月火烧埔

夏季西北雷骤雨，愈下得快，愈停得快

（天象气候农诀）

清晨我和平常一样巡视早稻田，踏着山冲蜿蜒伸曲的田塍，迎着渐渐升起的太阳，田塍两旁的稻谷镶上了金边。微风吹过，金色的稻穗“漂浮”出淡绿色的“波浪”，呈现出金浪一浪高过一浪，高低起伏、金沙婆娑如天堂般的仙境，仿佛我就是那仙童哪吒，脚踏风火轮云游在金碧辉煌的天宫。

小暑节到了，早稻已经全熟，双抢即将开始。

爹爹吹起牛角号："噢喔——""噢喔——""噢喔——"。茶塘冲的六户人家也接着："噢喔——"。然后每户的当家人陆续来到我家，商议帮工收割早稻事宜，年年都是请冲里的六户乡邻帮工。

爹爹说："我家的早稻已经全熟了，请大家帮忙收割早稻、插秧晚稻。今年有二十七亩早稻要收割，二十八亩晚稻要插下去。请大家来商议商议，是按每亩田算工钱，还是按大包干算帐。今年怎么个算工钱？请大家别客气，直说无妨。"

二十七亩早稻田加上一亩晚稻秧田，晚稻插秧就是二十八亩田。

大家与往年一样，一块和和气气地达成了口头协议，由六户承包收割早稻和插秧晚稻。双抢期间，大家都在我家吃饭。

六户承包大组，分为两个小组：第一小组用两个扮桶收割稻子；第二小组扯秧、插田，也有女子参加。

清晨东方已发白，六户之首：杨四阿公吹起号角，齐聚我家地坪，每人拿取收割工具：有扛扮桶的，有扛扮折的，有拿扮刷子的，有拿镰刀的……浩浩荡荡地直奔南面梯田，从南山塘下第一丘开始往下收割。

在金灿灿的夏季收割季节，稻子成熟的田野里，人们置身于黄熟、沉实的稻浪之中。弯腰的人们挥舞雪亮的镰刀，以优美的姿态，让稻子舒服地躺倒，躺成一幅绝妙的风景；男人们双手紧握禾把，挥舞在扮桶扮刷子上"嘭、嘭、嘭"

有节奏地敲打脱粒，挲、挲、挲，一担金黄的谷子从扮桶里撮出……

太阳越来越高，他们身上已经沁出密密麻麻的汗珠，汗水顺着他们的脸颊流湿衣衫。不一会，汗水浸透了他们的前胸和脊梁，顺着衣边流入田间。

为了收割后的田间撒落的或多或少的稻穗。弟妹们赤着脚，雀跃在田塍间，细心地寻觅着，一穗穗地捡拾着，忘了蚂蟥的啃啮，忘了蚊蝇的叮咬，为了手中能有一大把稻穗，兴奋和满足：“你看我捡了这么多。”满妹兴奋地说。

正妹举起手中捡拾的稻穗说：“你们看，我比满妹子多吧？”

二弟一边帮满婶散开沤凼粪，一边说：“你们都多，用比多的时间又能捡一把了。”

不到四岁的三弟抢着说：“就是，我就不和你们比，妹子们就想别人夸好。”

正妹不服气地说：“你最少，怎么和我们比，嘻嘻，谁捡得少就少吃腊肉，少吃饭。”

这时满妹说：“嗯、嗯、嗯，正姐姐，快快，我腿上有条蚂蟥。”

二弟听到满妹说腿上有蚂蟥，像个大哥哥似的飞快跑过来：“来，二哥给你拔掉它。”用两个手指一捻，使劲拽出蚂蟥嘴巴，蚂蟥咀嚼的口子流出血来。

满妹咽咽的哭起来：“流血了，流血了。”

正妹立即用手帕捂着流血处，扶着满妹走到坝港子边，用清清的流水给满妹洗去腿上的血迹。弟妹们又恢复平静，捡拾起稻穗。弟妹们学着大人的样子，整天沉浸在收割的欢乐之中。

他们在收割后的田间拾稻穗，在高高的稻草垛子上数星星，是假期中最快乐的日子，看到他们的现在，无疑是我童年重现的记忆。

第二组弯腰插秧的乡邻，头戴斗笠，一曲一弯地插秧。唐二婶唱起了僧契的插秧歌:“手捏青苗种福田，低头便见水中天，六根清净方成稻，后退原来是向前。”人们形似鸟啄食，态似问沧田，不知向水田打出多少个“问号”，滴下多少汗水。

我们自己家人，出谷、担谷到晒谷坪。晒谷、犁田、耙田、耘田、打滚平田、做饭、送茶点等事项。

我们家分工为：满叔从扮桶里撮毛谷子，担毛谷子送到晒谷坪，并帮助四姑将毛谷子分耘成道，分成行晒谷子；收割的稻谷是带水的稻谷，很湿，要及时翻晒，不然会发芽变质。

夏日艳阳下，四姑忙着翻晒稻谷，晒谷坪上散发出阵阵清香。四姑拿着木耙，把刚倒出来的稻谷薄薄摊开，在地面上轻轻拉出一道道柔美匀称的金色纹路。每隔一段时间再翻一翻，干燥的晒谷坪上禾毛子飞舞。四姑头戴斗笠，汗水浸透了长袖衣服。

爹爹和公吉犁田、耙田、耘田、打滚平田；一迈进田间，不久浑身泥水、汗水湿透了衣裳，分不清哪是泥水，哪是汗水；夏日的艳阳晒得牯牛口水四溅。

我担沤凼粪和猪、牛栏粪放收割完稻子的田里，丘丘都有沤凼粪，肩膀都担出厚厚的茧来，衣服整天浸泡在汗水里，汗水从衣边一滴一滴地流入田中。正妹子不时往田间送茶水、浸菜小吃，浸毛桃、浸青梅最受欢迎。

满婶戴着斗笠，挥舞着耙头撤开凼粪和猪、牛栏粪，并将猪、牛栏粪踏进泥巴里。像只喜鹊在田里跳跃着，奔踩着，累得衣服湿透，看不出是位女子。只有回家奶五弟时，才觉得她是位慈祥、温柔的母亲。

安吉和娘、三姑在家做饭、洗衣服等，三姑和娘都有喜，不能做力气活，安吉年岁快六十，身子骨还是那么的硬朗，一天要干很多活……

“锄禾日当午，汗滴禾下土，谁知盘中餐，粒粒皆辛苦。”这首妇孺皆知的五字律诗，道出了耕作者的艰辛，道出了粮食的珍贵。水稻从耕耙田至播种，到扯秧插田除杂草，从含苞扬穗谷子黄，到开镰脱粒上晒场，需要经过若干繁琐的工序，流淌多少咸涩的汗水。

一天清早，看东方泛起青云，云堆云，意表午后有阵雨。正值午饭间，风云骤起，抬眼看天色：要下大雨或下雹子。

大家一齐跑到晒谷坪，帮助四姑收起谷子，扫的扫拢，耙的耙成堆，一会收起成垛，盖的盖竹折，盖的盖稻草……

刚刚盖好，大雨倾盆，含带着小粒雹子，下了有十几分钟。南面天空出现了彩虹，七彩美丽的彩虹挂在天南边，弓朝北，弯向南。此时公吉叹气说：“唉，世道又要乱啊：东虹日头，西虹雨；南虹刀枪，北虹主。南面天空出彩虹，弓北向南，表示国土上要打仗啊。正值午时出彩虹，罕见罕见啊，这仗来得快，是大仗啊，要死伤不少人哦。”

爹爹问公吉：“您老人家从前看天象说过，毛先生快胜利了嘛。”

公吉看看周围就只有我和爹爹，回答：“决胜时期也是死人更多的时期啊，咱们亲属中也会有位勇士，我不忍心，但天意不可违啊。”

当时我心里在想：是不是我啊？我一直想出去闯闯，对，就是我，我一定要寻找机会去闯闯，男儿志在四方。

早稻谷子已经收割完，晚稻秧估计再有两天能插完。四姑回来帮忙很多天，我们已有时间晒谷子，我送四姑回婆家。

今天是六月十一，是四姑姑结婚满月的日子，我们家派满叔去送满月礼：一大碗扣肉，扣肉下面放的是松籽仁，另外两斤花生、两斤红枣、两斤桂圆、两斤挂面。意思是：早生贵子，仁义长寿。

明天就要结束双抢，给六户帮工组吃顿宴席，公吉亲自下厨做饭，安吉和娘打下手，公吉厨艺非凡：切出的竹笋细又匀、爆炒的鱿鱼像松球，做出的菜好看又好吃，尤其是扣肉做得更好，软润细嫩又不油腻。大家边吃边称赞公吉厨艺不错，乐得公吉直哈哈。

从我懂事以来，我家的家风是对外手大，对内手紧，对待朋友是宁肯自己吃亏，而不让朋友受累。我们自己家过日子是非常节俭的，平时基本是小菜半年粮，米够吃也要经常在米饭底下放些红薯等杂粮，混着吃；吃菜也是，好的菜去换钱或换日常用品，自己吃不能拿去卖的和晒干了的菜。只有亲戚朋友来家，家里有人生日，过节日，农忙时才能吃上好些的饭菜。公吉、安吉、爹爹都爱脸面，不亏外人，亏自己。

爹爹给六户乡亲付承包费。六户帮工的工钱支付：有的人家要的是陈谷，有的人家要的是新谷，完工后都全部付清。

只剩下晚稻秧田没插秧了，我们自己将秧田的秧扯完，插上了晚稻。今年二十七亩早稻田加上一亩秧田，晚稻共插秧二十八亩田。

在大家的齐心努力下，双抢十二天完工，在大暑节前的三天结束双抢。老天爷真是帮忙，这十几天来，基本风和日丽，大家都没有中暑生病，顺利地完成了抢收、抢种。

接下来就是自己做晒谷子和晚稻田看水等事宜。把晒干了的谷子担到仓库里储存。

双抢结束的第三天——大暑节这天，三姑父和三姑来家看望公吉、安吉。并说三姑父第二天出发归队，组织上已经派人送来急电。

正说着，四姑父和四姑也回来了，四姑父同样是收到组织急电归队。

公吉亲自掌厨，做了一桌上等饭菜为他们饯行。

公吉先举起杯：“祝愿你们马到成功，凯旋归来！”

爹爹举杯说：“多保重！”

我说：“能带我一起去吗？”

两个姑父同时说：“你不能去，没有组织命令。”

安吉含泪说：“两兄弟要相互扶持，在外有顿没顿的，多保重身体，早日归回。”

三姑父说：“好，我们会早日回来的，三妹妹有喜，我走后，请娘安排人接她回来住，等快生的时候再送她回去生伢子。”

安吉说：“好，我亲自去接，和亲家聊聊。”

四姑父红着脸说：“爹爹、娘，我也想让四妹妹回来住，她也有喜了，才一个多月，正是需要保养的时期，我却不能陪着她，我走后有大家陪她我会放心些。”

大家齐说：“恭喜四姑爷，恭喜四妹子。”

安吉说：“好，你放心吧，四妹子、三妹子都回来住吧，我的这两个妹子都要当娘了，真是高兴啊，大家多喝几杯。”

三姑父和四姑父走后，三姑和四姑都回来住，家里又有了从前的快乐，但也有些忧愁，都为两位姑父祈祷祝福！

这几天，山里的黄栀子、野胡椒（白胡椒）、枸杞子等都熟了，我和满叔每天清早上山采摘，一人一担箩筐，十点左右满载而归。娘和满婶在家边晒干黄栀子、野胡椒、枸杞子，并捡出其中所带的杂质，日后能送去卖些零花钱或换些日用品。

我们每天都带上蛇篮筐，今年只抓了五条蛇，两条蜥蜴，是活的，也同样送去卖钱。

大暑节气，中稻已经扬花散籽，弯似镰刀，生长正常，再有半月就可以收割了。

我们有时间了，再次翻红薯藤。这一次，人站在地块沟里，只翻藤、扯草，不再施肥。

我和满婶翻红薯藤，满叔绑搭红薯地的守夜窝棚。满叔搭好窝棚后，我们都进去乘凉，满婶喝了口水就去摘果子，功夫不大，装满一围裙的山梨、毛桃、李子，还有十来根羊开口，羊开口都开口了。

我边吃羊开口边说：“好甜，满婶，藤上还有吗？”

满婶说：“我只在这边摘了几根，没往里面走。”

我说：“你们吃着，我去去就回。”

我三步并作两步走，到那边又摘了二十来根回来。

满婶说：“那边有这么多？这下好了，伢子们能饱吃一顿了。”

我们继续翻红薯藤，天黑了我们担着草，带上野果实回家。满婶刚走到山泉井就喊：“细伢子、细妹子，快来吃羊开口呀！”

小伢子妹子们跑出来迎接，几个人分上野果子，高兴地去送给安吉先尝。

第二天清早，我们来翻红薯藤时，发现有野物的脚印。我和满叔认不出来是什么野物的脚印，把爹爹叫来查看。

爹爹仔细查看说：“是猪獾的脚印，今晚开始来狩猎。”

红薯地已经长出来小红薯，怕夜里有野猪、猪獾再来光顾，我和满叔、爹爹三人开始轮流守夜，我们晚上带着白达子、达耳子来守夜。在窝棚外亮一盏灯，两条狗在外面守着，听到动静就把我们叫醒，赶跑野物。

去年，过了八月十五的一天夜里，爹爹守夜，月亮很亮，半夜里野猪一家五口齐出动来找食，白达子、达耳子叫个不停，爹爹扯响了洋油桶，表示有大野物或很多野物来拱红薯地。

我和满叔赶紧起床跑去支援爹爹，看到这么多野猪拱红薯地，白达子、达耳子上前去驱赶，可野猪根本不怕人和狗，就是赶不走野猪。爹爹看到我们来支援了，拿起猎枪对着公野猪开枪。公野猪倒地不动了，母猪“嚎、嚎、嚎”，嚎叫几声带着三只幼仔赶紧跑，白达子和达耳子扑上去逮住一只小野猪，“嗯嗯”地叫我们过去。

这天夜里真是兴奋地睡不着，我说：“爹爹，我和满叔送回去野猪，再回来陪你。”

爹爹：“嗯，要小心些，带上白达子，怕母野猪来报复。”

我说：“爹爹，你小心些，把枪抓在手里。”其实，爹爹手里一直拿着枪，怕母野猪回头来报复，母野猪的报复心特强，它丢了公野猪和一头野猪仔，是不会善罢甘休的。

我和爹爹正说着话，上屋里细阿公家的老大、老二也来了，老大说："大哥，我们听到枪声，赶紧过来看看。"

老二说："呀，逮住两头野猪，一大一小。"

爹爹说："谢谢你们来帮忙，看，这头公野猪的肚子饿得这扁扁的，不怪这群野猪发疯似的来抢食，真的是饿了。"

我说："大叔，请您老人家帮忙和我爹爹多呆一会，请二叔您老人家和我们去送这两头野猪吧。"

爹爹说："对，请帮忙先送回去，明天把野猪宰杀了，全冲的人都来分吃野猪肉。"

大叔说："老二，你去送野猪，我在这里陪大哥。"

满叔和邻居二叔两人抬着公野猪，我一个人提着小野猪，我们三人送回去这两头野猪。满叔留在家里，我和邻居二哥再回红薯地。

邻居大哥、二哥在守夜窝棚里坐坐，抽会儿烟。

爹爹说："我长这么大，还是第一次看到一群野猪来抢食，根本不怕人，不怕狗，野猪很聪明，一群来，我一个人还真不敢动它们，两条狗也只是在旁边叫，不敢近前，真叫个势单力薄。"

爹爹抽口烟继续说："我只好扯响洋油桶叫他们来帮忙，当时这心里真害怕，看到满弟和大伢子上来了，我才开枪打死那头公野猪。"

邻居老大说："这是遇上你，要是我早吓得趴下了，听到你摇洋油桶，我一个人不敢来，拿上枪，叫上老二才敢来，刚出来听到你的枪响，估计打死了，没想到有这么多野猪。"

老二说："哥，我们去看看野猪是不是到我们家那边了。"

爹爹说："对，快去看看。"

他们走后，我和爹爹在窝棚里轮流守夜、轮流睡觉，白达子和达耳子竖着耳朵很精神、很负责地守了一夜。

天亮了，我和爹爹在四周转了几圈，到处都是野猪的脚印，而且很乱，证明野猪在周围转了很多圈，找公野猪和小野猪，找到天亮才离开。

我们等到太阳出来八竿子高了才回家，娘已经烧好热水，公吉已经把野猪脖子上补了一刀。我和爹爹吃饭后，吹猪腿、烫猪、刮猪毛、取肚杂……

这野猪就是没有咱自家饲养的猪肥，这头大野猪的肠子里啥也没有，肠子外面也没有一点油筋，很好翻肠子，翻一小节，少灌点水往起一拎，出溜一下就翻完了肠子。

满叔说："这大家伙就没吃上红薯，肚子里啥都没有，干干净净的好洗；小家伙的肚子里刚吃了几口红薯，还没来得及消化就没命了。"

我说："白达子聪明着呢，看到爹爹用枪打死了大野猪，是不要它的皮毛，就知道这些东西太厉害，得消灭它们。所以它也一口咬断小野猪的脖子气管，也死了。"

爹爹说："这群家伙就是不要命地抢食来了，这头大家伙，朝我这面瞧着，嘴巴里'哄、哄、哄'地凶我，我要是动作大点，马上来咬我，我只好摇响洋油桶，叫你们来帮忙，野猪还懂得欺负我人单力薄，还懂得以多胜少，真是了不起呢。"

满叔说："它们真的很聪明，不堆到一块拱红薯吃，分散开来拱红薯，你逮这头，那头会来咬你，你开枪打那头，这头来咬你，一个人顾了前就顾不了后。"

爹爹说："它们不拱远处的红薯，就拱你窝棚跟前不远的，距离近放枪打哪一头野猪都有危险。野猪这么有智慧，真是聪明。”

我们边聊边清洗野猪，搭好了剁肉板，把两头野猪往剁肉板上一放，爹爹先把猪头剁下来，再剁开成四扇，把前、后腿分别剁开，肋条肉也剁匀斤两，搭配着分堆放好，准备给冲里人分吃野猪肉。

公吉吹起牛角号“噢喔——”，冲里的人都来分野猪肉。哈！这热闹啊，胜似过年呢。

杨家大叔说：“晚上听见枪响，声音从你家这面传过来的，出来看到你家地里人影晃动，估计是逮住野物了，就回去睡去了。”

唐家阿公说：“听见洋油桶响，我赶紧穿衣，下山往这边走，不久听见枪响了，又听到不少人说话，嗯，逮住了，没想到它来这么多头野猪，要是我们都过来守一夜，那几头野猪也跑不了哎。”

你一言，我一语，爹爹连着应答：“嗯、嗯、是、是的……”

公吉说：“野猪肉已经分成堆，每家一堆，大家都自己随便拿哪一堆，天热，得赶快回去处理好，野猪肉比家猪肉香，好好吃一顿吧。谁家缺什么调料就进家问大嫂子拿。”

大家提着野猪肉，高高兴兴地回去炖野猪肉吃嘞。

我们在红薯土周围放了许多猎夹子，我和爹爹连着守夜五天。前两天夜里野猪还来过，清早看到脚印是大野猪的，应该是母野猪来找公野猪和小野猪。后三个夜里母野猪不来了，找不到公野猪死心了，我们才正常轮流守夜。此后，这一年里，茶林寨、茶籽坳、茶籽岭，已不见再有野猪出没，估计母野猪不敢在这片山林里生活而搬家了。

这次翻红薯藤，我、满叔、满婶三人翻了三天，扯出好几担草来喂牛。守夜窝棚也搭好，开始守夜，红薯小的时候，一般是我来守夜。

近来，我趁着月光摘熟好的黄豆、绿豆、芝麻；天旱时，隔三差五地给芝麻、花生地里浇浇水。

最近几天，娘和满婶每天来摘成熟的绿豆和黄豆，天热很快都晒干。绿豆和黄豆都种在红薯地块两边，都已成熟。

我和满叔来割黄豆、绿豆苗，担回家放到竹席子上晒一下，豆壳会炸开，去壳后晒干储存，今年的豆类收成也不错。

地里的棉花已经吐白，三姑、四姑都回来帮忙摘棉花。三姑、四姑、满婶几个人是摘棉花的能手，手快，不沾杂质。虽然三姑有喜肚大，摘棉花不能弯腰，她摘起来不减当年哦；四姑肚子还没有凸出来，更不影响摘棉花。两天摘完棉花，等再次吐白了再回来摘，安吉给她们带回去一些绿豆和黄豆。

今天三弟学着二弟砍陀螺，把手砍伤出血了。因为是自己砍的，没哭，他右手捂着左手，跑到安吉房里："安吉，快给我包一下，手出血了。"

安吉急忙过来一看说："别松开手，安吉给你找蜘蛛网敷住伤口。"

安吉到牛栏房里的墙角上摘了张蜘蛛网，给三弟敷好。安吉拿过陀螺来说："三伢子，你看，陀螺要这样砍，才不会砍到手呢。"

安吉边砍边教，一会儿砍好给三弟："去玩吧，和四弟一起玩。"

天上鱼鳞云　地上雨淋淋　天上花花云　地上晒死人

云彩吃了虹　下个没有停　云彩吃雾下　雾吃彩云晴

（天象气候农诀）

第十七章

农谚：五方六月出彩云　不出彩云热死人

天旱东风不下雨　天涝西风天不晴

（天象气候农诀）

今天是六月二十三日，爹爹的四十大寿。有姑姑、姑父们来家里庆贺，我去上茶塘里钓几条鱼，运气不错，连钓三条一斤半左右的鲤鱼、青鱼；满叔在家杀了两只鸡和一只兔子。

安吉说：“云大，你去量三斗麦子换半方肉回来，带包臀的。”

我答应说：“嗯，这就去。”

走到坳嘴弯，迎面碰见三姑：“三姑，你早啊。”

三姑说：“云大，你这是去买肉？”

我答应着："嗯，三姑你慢些走，大姑、二姑都没回来，四姑更远。"三姑有喜，三姑父不在家，是保护对象，我折转身送回三姑。

我买肉回来，四个姑姑、两个姑父都来了，大姑、二姑还带来了两个伢子。

公吉赶出一只山羊来，说："云大来帮忙捉住它，宰杀只羊给你爹爹庆寿。"

我说："好嘞。"二姑父也来帮忙。

这只山羊，是正月初六打猎逮住的两只山羊中的一只。每天栓在屋后的树上，割草喂养长大，很肥，有白多斤嘞。

公吉亲自把山羊皮剥下来，说："将来做背心，暖和着嘞。"

娘炖了一大锅羊肉，放了许多紫苏，吃起来真香。

下午四个姑姑、两个姑父及伢子都告别回家，公吉给他们每家都带回去一大块山羊肉、两斤挂面。

……

七月初三立秋，清早起来看东方，有一道青云压彩霞，今天午后可能有阵雨。有雨对后半年收成好，如果没有雨，后半年的粮食只有半收。

我扛起锄头巡视晚稻田，路过南瓜棚时摘朵南瓜公花给母花受粉，这可是地道的秋南瓜，秋南瓜一般切丝脆炒，吃起来脆嫩，加上小仔公鸡肉，小炒鸡肉，更香甜青脆，好看又好吃。

把南瓜公花摘回去做一盘南瓜花炒鸡蛋菜，安吉最喜欢吃，满婶吃了下奶多，对五弟也增加营养；南瓜花有明目舒筋之功效，对奶腺发育甚佳。堂客们多吃南瓜花免得乳腺炎。

午后，一阵热风吹过，天上飘来一片片乌云，乌云夹带着雨滴，洒落在滚烫的地面，扬起灰尘飘落到田野，到山间，土腥味扑鼻而来。我不由得拍手叫好！立秋有雨就好，意味着后半年粮食产量丰收在望。

立秋后，艳阳高照，在绿茵茵的山冲里凸显出中稻田里一片金色，沉甸甸的稻谷，等待我们开镰收割。中稻只有二亩：一亩红米、一亩糯米。我们分别扮禾，分别晒谷，第一天收割一亩红米稻子，第二天收割一亩糯米稻子，二天收割完成。

中稻谷子都收成不错，糯米谷晒干入仓库有七担谷；红米谷有七担多。我家是两年种一年中稻，一年里吃不完糯米和红米，红花子种籽也是能种两年，我家的山窖存储好，第二年也一样的新鲜。

我扛着犁，牵出牛，把收割完的中稻田耕犁翻土朝天，晒晒土，日后好栽种油菜和萝卜菜。然后梳土一田角，种油菜籽和萝卜籽种子，等发出苗来移栽到这两亩中稻田里。

今天七月初六，是四姑的生日。我们这里的习俗是：姑娘嫁后的第一年，娘家人在姑娘生日的这一天要去报生，告诉婆家她的生日；送生日礼：两匹布、两斤面、两斤肉、两坛米酒。

安吉安排说：“今天是四妹子生日，大嫂子和满嫂子去报生，云大你提上东西，你娘脚小走不动了，你背一背。”

我说：“我愿意去送娘，但是我用车子推着娘去，娘就不用走路了，满婶走累了也能坐上来歇一会嘛。”

安吉说：“好伢子，我就晓得你会有办法嘞，好！你们娘仨去报生。”

我把土车子装饰了一番，四角绑上四根木棍，上端用四根小竹棍横支到竖木棍上绑紧，娘用块蓝色布缝好在四根小竹棍上，做了个凉棚。七月天太热、太晒，不能晒着娘。

我推着娘走了一段路，看到满婶已是满头大汗，我说："满婶你快和我娘坐一会，我推着你走。"我停下车子，满婶和娘并排坐好。

我说："娘坐好，满婶坐好，我开始推车了。"我担起车扁担，觉得两人的份量差不多。

一路上她们问：这是哪里，还有多远，云大讨堂客不要讨这么远的，等等。我一直把她们推到四姑家。

四姑的家爹、家娘、公吉，都夸四姑好，懂事、懂礼，很能干等。娘和满婶也跟着夸四姑在娘家时如何如何的好。非常喜庆、和谐的一顿午饭。亲家的厨艺不错，很有特色，我最喜欢吃那道熏猪肠，用熏肠上的猪油炒至炼干，加上腌制的白辣椒混炒片刻，香至极、辣至极，饭后许久还是回味至极……

回来时，四姑父的弟弟送了一段路，满叔也来半路上接满婶，一路谈笑风生地回家。这是我和娘说话最多的一天，原来娘很会说话和体贴人。这么多年来，我一直很敬重娘，娘说什么，我照做什么，从不多问一句，我在娘心中是个乖乖听话的伢子。

我们带回来生日粒粒和一斤挂面、一坛米酒、一块肉、两块布料。两块布料是分别给娘和满婶的。

处暑前作第一次踩晚稻田。这次踩田，我们全家的劳动力全出动。晚稻田里因天气热，田泥里的各种虫子生长更快，可谓泥虫泗溺。必须施一次石灰杀虫，每年在这季踩田时，家中每个人的小腿肚子都被石灰染成黄色而且起许多泡，有的还被石灰烧烫得起了脓疱，靠每天回家抹上些雄黄油来维持，晚稻踩田一般需要七、八天才能踩完。

晚稻第一次踩田，正值酷暑天气，天高云淡，是一年中天气最热的、最辛苦的、最令人难受的耕作。我负责施撒石灰，顺着风儿撒，也难免扑入鼻孔，按当天踩多少田就撒多少田，不能跨夜。撒完石灰再跟着大家一起踩田，七天下来，我的鼻子被石灰熏干而裂纹，痛得流涕，我的腿肚子发黄、发肿，还起了许多小脓泡，好生难受。

一年中最酷热的天气就是处暑时节。太阳把水田里的水晒得有些发烫，加之撒上石灰，变成了石灰水。我们坚持早出晚归，踩了七天半完成，每人的腿肚子都发肿、发炎。看到这些，我非常心疼我的家人，觉得他们都太辛苦了。

作者感叹：时至今日，我已经老了。现在用农药控制田虫，不用撒石灰和茶枯来耕种田禾。我认为：农药浸入谷粒至米中，是对整个吃粮者人体血液的直接伤害；石灰只对种田者腿上肌肤造成一时的伤害，加之用茶枯杀虫没有任何害处，而且是很好的耕田肥料。为了人类的身体健康，利用有利的山林资源多种植茶树；用石灰、茶枯耕种农田，是农耕历史悠久的文明选择。上述不是为耕者叫苦，我是希望每一个人都应该遵循、继承、尊重历史文明的耕种和珍惜每一粒粮食，它的确来之不易啊。

踩完晚稻田后，我们都放了几天假，在家休息休息，当作腿部疗伤休假吧。只需每天清早去巡看田中水的深浅和有无进、漏水现象即可。

今天，我觉得腿上已经消肿，把中稻田挖出菜眼来晒一晒土眼，做种植油菜、萝卜的田。我扛上锄头往田里走。满叔说：“云大，去油菜田打眼？”

我说：“是啊，犁出来晒了晒土，今天去打出眼来再晒晒土眼，种苗子再长一点就能栽了。”

满叔说：“我去吧，你再歇一歇。”满叔过来抢走锄头。

我说：“那我去薅田塍、田墈草吧。”我转身又拿了把锄头，跟满叔一块，把中稻田整出来种油菜和萝卜菜。

我和满叔把田周围浚港子里的泥巴翻到犁坯泥边，翻出很多的泥鳅来，满叔喊满婶拿来水桶，翻了有多半水桶泥鳅。杨四阿公的二伢子也来下面那丘田盘了半桶泥鳅。因为中稻田没有撒石灰，又是泥沙田，当其他田里撒石灰时，都往这几丘里田钻。哈哈！泥鳅也“丰收”了……

随着桂花的飘香，一年一度的八月十五中秋节快到了，我搬着梯子，搭在桂花树上，用小剪刀将一束束桂花采摘下来，轻轻地放入茶篮中，剪了一篮送下来，再拿个茶篮筐再剪，满婶担来了箩筐，将我剪下的桂花慢慢地倒入箩筐。

满婶说：“真香，每天都这么香，桂树要是一年四季都开花多好。”

我说：“花香一季才有人赞美，长年一样的花香就觉不出香和美了；这人做一件好事比较容易，要是一生时时刻刻都做好事，恐怕也难啊，金无足赤，人无完人呢。一个家庭、一个国家都会有得失和稀缺的。”

满婶说：“哦，云大，你不小了，应该收房堂客，生个伢子，当了爹才是大人，才是完人嘞。”

我说：“我还不想讨堂客，像叔这样，才比我大两岁就有两个伢子，晚上睡都睡不好嘞。我要像四姑父那样，二十五岁再讨堂客，多耍几年。”

满婶说：“噢，那么大才讨堂客？你安吉说明年给你办喜事。”

我说：“我和爹爹商量好了，二十岁以后再讨堂客。”

我把能剪得到的桂花束都剪了下来，和满婶一起担回去做桂花酱。娘和满婶、安吉把桂花花朵轻轻地摘到青花瓷坛里，摇一摇，顿一顿瓷坛，又能放进去许多桂花，这样把瓷坛里装满、装紧，然后洒少许盐拌匀，再将蜂蜜和化开的糖枝丫糖浆倒入桂花瓷坛里，用筷子搅拌均匀，慢慢地桂花蔫下去了，再摘桂花花朵放进去腌，桂花花朵全部放进瓷坛里。搅拌均匀后，盖上坛子棉盖后再加上坛盖压紧。

三弟、四弟在一旁看见封坛就要吃。娘对三弟、四弟说：“桂花酱现在还不能吃，没蔫熟，等八月十五蔫熟了打月饼给你们吃。”

三弟问：“娘，哪天过八月十五啊？”

安吉说：“你每天看看月亮，月亮最圆的那一天就是八月十五了。”

四弟喊三弟：“三哥，我们去看月亮吧。”

三弟说：“天还这么亮呢，看不到月亮，天黑了月亮才会出来啊，等天黑了哥哥带你看月亮。”

四弟说：“哦，好嘞，我们叫满姐姐一起看吧，月亮圆了，我们一起吃安吉打的月饼。”

三弟说：“哎，怎么没看见满姐姐，走，找她去。”弟兄俩出去了。

满妹拿着我送她的一枝桂花在玩呢，见三弟、四弟过来，把桂花枝伸到他们的鼻子前问：“香吗？”

四弟说：“很香，满姐，你为什么不做桂花酱啊？”

三弟说:“我们也来做桂花酱吧,我看见娘她们做,我也会做了,是把桂花剪下来放坛子里,放糖,盖一会就能吃。”

四弟说:“三哥哥你搞错了,是要盖到八月十五才能吃。”

满妹说:“做桂花酱是要很多桂花的,这一点点不能做桂花酱。”

三弟说:“那我们到桂花树上多摘些。”

满妹劝说:“桂花树那么高,大哥还得搭梯子上去摘桂花,等你们长大了再去摘桂花吧。”

三弟说:“是,我们不摘了。满姐,我再闻闻。”

满妹把一枝桂花分为三小枝,给他们:“一人一枝桂花,要坏了不许再问我要。我告诉你们,桂花树枝的皮也能吃,不信你们撕一点皮放嘴里,又甜又辣吧?”

“嗯、嗯……”

秋风节前,晚稻田要作第二次踩田,晚稻一般在寒露节要抽苞,我们必须在秋风节前把晚稻的第二次踩田做完,得给禾苗一个恢复生长期。大家的腿都已经褪掉了黄色的石灰皮子,恢复过来,能踩田了。

踩晚稻田,田里的水还是很热的,中午的太阳还是一样的火辣。

为了在八月十五前踩完田,每天月亮出来都不收工,越是晚上踩田越出活,每天傍晚老五闹着找嬷嬷,只有满婶得早回家奶孩子。

这次踩田,我少施了些茶枯,忙了七天,完成了晚稻的第二次踩田。

八月十五:往年姑姑、姑父们中午都来我们家过十五,晚上回去到自家过十五，吃月饼赏月，今年也不例外。

四姑父非常想念四姑，请假回来过八月十五团圆节。今年是四姑第一年回娘家过八月十五，四姑父还算是新客。所以其他姑姑、姑父都来陪新客。

我去下茶塘挖些芋头回来，先剪掉一排芋荷叶，留下荷叶秆跟前的荷叶杯，然后割掉一排芋荷秆，开始挖芋头，这时芋头不太大，还是毛芋头，一排只挖了一箢箕，刚够吃一顿，让大家尝尝鲜。

只有三姑父没有来，三姑已有七个多月的喜，三姑父应该像四姑父那样请假回来过团圆节，大家心中都有疑问。

在塘里清洗干净芋头和荷秆、荷叶。娘提进去芋头叫满婶刨皮，出来帮我洗荷叶。

娘说："今天，好好做一顿荷叶饼吃。"

洗好荷叶后，娘把焖好的糯米饭包上红豆、糖枝丫糖，饼面散些芝麻、椒盐粉，用荷叶包住放蒸笼里，包三蒸笼后摞起，我和娘抬到烧开水的灶锅上蒸，大概二十来分钟端出来吃。

四姑父说："我还没吃过荷叶饼呢，这么好吃。"

四姑说："来，再吃一个。"四姑给四姑父又夹了一个放碗里。

今天荷叶饼是主食，米饭没几个人吃，大家都说荷叶饼好吃。

我把芋荷秆四根或六根一绑，把绳子绑在荷叶杯跟前，然后分开荷秆挂在凉衣竹竿上，晒蔫后切成寸段，再晒到半干后，擦适量的盐放坛子里腌制成坛菜，炒腊肉很好吃，很香，越嚼味越香。

娘和安吉用芝麻、花生、松籽、青梅干切丝，搅拌到桂花酱里，做成月饼馅，把麦面用开水和揉好，发一会，然后包上馅，用芝麻油、清油调和在一起的油来煎烤月饼，很香，面饼也很脆。

做了很多，给每个姑姑家带回去些，给四姑更多的回篮月饼。

我们在四姑父准备回家前问三姑父的情况，公吉叫住四姑父，请四姑父到公吉屋里一叙。

娘把三姑叫去满婶屋里看五弟，她们在那边聊天，谈怀娃娃的乐趣和小伢的疼爱等。

公吉问四姑父："三姑爷是不是有事了？说真话！"

四姑父说："三姐身怀六甲，我不能说呀，爹爹，您不要问我，我和姐夫他爹爹说过，要隐瞒三姐的，等三姐生了伢了再告诉她。"

公吉再问："好，我已经知道了，他是怎么走的？"

四姑父说："三姐夫是被冷枪打死的，我们都在打扫战场，不料还有一个没死，朝我开枪，姐夫一步冲上来护我，一枪击中姐夫后胸，姐夫只留下这句话：'对不起三妹，给三妹找户好人家，伢子叫晚秋。'勉强说完就倒下了。"

安吉听到此话泪流满面，公吉立即嘱咐安吉："忍着，别出声，三妹子知道了怎么办？"安吉用手帕捂住嘴和眼。

公吉继续问："身葬何处？"

四姑父说："我们都有规定，就地埋葬，在澄城和合阳搭界处的山上，挨着黄河不远。我们部队歼敌九千多，胜利了，组织安排我回来搞土改。"

公吉又问："你的腿上有伤？"

四姑父伸出左腿说："是，您看出来了？"

公吉揭开裤腿看见一个枪子眼伤口，还红肿着。说："你今天不要急着回去，腿上还红肿着，走路多了发炎起来不好治，我给你敷些药疗伤。”

安吉说：“大家出去吧，时间长了，三妹子觉察出来就不好办了。”

我和爹爹、四姑父出来，去后山上乘凉，边聊边看菜土里的菜。随后走到山枣树前，看到有几粒山枣有些发黄，我顺势爬上山枣树，摘了几粒，又用脚蹬树枝，洒落下来一些山枣，四姑和四姑父忙着捡，爹爹捡起一粒带黄的山枣放嘴里：“呀，好酸！不过熟了，把这棵山枣树上的枣打下来给她们有喜的带回去吃吧。”

我站在树上喊：“满妹妹，送篮子来捡山枣！”

满妹、正妹、三弟、四弟都拎着篮子上山来了。我又蹬其他的树枝，挲挲地洒落许多山枣，只有那些没成熟的山枣就是动摇不下来。

正妹从中挑选几粒黄山枣就往回跑，送给三姑和娘吃……

四姑父走后，我心里很不是滋味，真想上战场去发泄一番。

两天后，三姑的婆家来人说三姑早产。请安吉去三姑家，我和爹爹、满叔一起去送安吉。

刚到院里就听到三姑的哭叫声：“你回来呀，回来呀，我知道你没有死，你回来看我们的伢子呀，晚秋、晚秋，我的晚秋儿啊……”

原来是三姑觉察到家爹和家娘悄悄请人给三姑父的遗物做葬坟，追问出来三姑父已经阵亡，非常痛心、悲愤，引起早产，早产的伢子也在出生不久夭折。此时的三姑几乎像个疯子，完全不顾自己产后身体虚弱，见到安吉来了，抱着安吉痛哭：“他没了，他走了，他不要我了，他带走伢子了，他太狠心……”

安吉眼泪直流：“妹子呀，你醒醒，他是个英雄，他很疼你的，记住他的好，记住他对你的好呀！”

安吉转身对亲家说：“对不起亲家，妹子出丑了，多包含，多包含。”

亲家公说：“我能体谅媳妇的悲痛，我们也一样的悲痛，白发人送黑发人，心如刀绞。政府来人说：‘他死得光荣，是为革命胜利而死的，革命人民会记住他的。’已经这样了，我们也不好说什么呀，只是他唯一的伢子也没有保住，我心里惭愧啊。”

安吉忍着悲伤，再三劝说三姑冷静下来……

三姑回家后，一直闷闷不乐，天天偷着哭三姑父，哭自己愚蠢，没有照顾好肚里的伢子，没能给三姑父留下后代，几次寻死都被家人发现而抢救过来。三姑一生就只生过这一个伢子，六十年代初期，她改嫁一姓潘的，对方有两个女儿，三姑的性格变得孤僻起来……

云从东南长　下雨不过晌　天上灰布悬　雨丝定连连

黑紫云如牛　狂风急如流　乌云遮拦东　不雨就刮风

（天象气候农诀）

第十八章

农谚：一年头上打两春　黄土也要变成金

二月初一雨雪大　芒种前后有一怕

（天象气候农诀）

秋风过后的第三天,八月二十三日,是大姑父的四十岁生日。公吉安排我和满叔、四弟去拜寿。

我们带上两匹布、两斤面、两斤肉、两坛米酒，还有安吉给大姑和大姑父做的两双布鞋。满叔牵着四弟，我提着礼篮和酒，一块去拜寿。

大姑家要经过白云寺上面的大山，当我们走到这座山脚时，满叔抱起四弟说：“四伢子，你看到上面那些石梯了吗？”

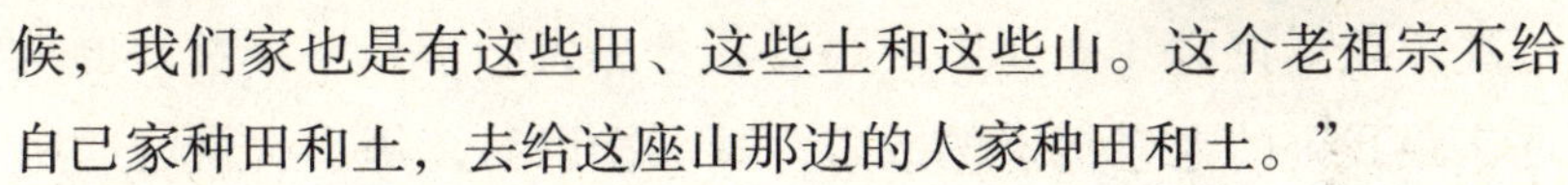

四弟回答说：“爹爹，我看到了，好高哎。”

满叔继续说：“爹爹给你说个故事听，这个故事是你的老老祖宗的故事，那时候，我们家也是有这些田、这些土和这些山。这个老祖宗不给自己家种田和土，去给这座山那边的人家种田和土。”

四弟问：“为什么呀？”

满叔继续讲：“是为了给这座山铺上面的那些大石头，那时候，没有这条石头路，是一条之字路，你看：要从山的这边上绕到那座小山，再从小山中间出来再绕到那面的山上，再绕回到这座山的上边，最后走之字路才能上到这座山顶。每年春天，小山的山路上和之字路上，长出来比人还高的柴和草，山里面有很高大的树木，躲藏着很大的野物。有老虎，过山的人经常被老虎咬死吃掉。你的老老祖宗还打死过一只老虎，救了一个路人。那个路人就是清明节来老老祖宗坟上跪拜的那个阿公的公吉。”

四弟有些害怕：“爹爹，现在山里有老虎吗？”

我说：“四弟别怕，有老虎也不敢出来咬我们啊，我们是老老祖宗的孙子啊，我们也能打死老虎呢，你看，我一举钢钎就把它扎死了。”

四弟说：“哦，我也打它。”举起小拳头挥舞着。

满叔继续说：“后来老祖宗就修这条石梯路，路很宽，两边不长柴木，老虎一出来就能看到它，人们就会来打它，它就不敢出来咬人啦。”

我说：“老祖宗真好，现在我们需要过山，方便多了，路也近了许多。”

爬到山顶上，四弟下来自己走，从一块大石头跳到下一块大石头上，蹦蹦跳跳地，跳跃着下了山。

满叔平时话少，今天跟四弟讲这个真实的故事，却一点也不乱。那年正月我七岁半，跟着爹爹去大姑家拜年，爹爹也是这么跟我讲的老老祖宗的故事。从那次以后，每当我路过这座山时，我的心情非常激动，为我有这样的老老祖宗而自豪，我是他老人家的后代，将来我也要做对后人有益的事，也让人们流传到永远……

晚稻第二次踩田后的五日，我们开始挖晚稻田“浚港子”，把水沟挖出来，准备放掉田里的水，套播红花子草。

爹爹、满叔、满婶和我，四人挖“浚港子”，用五天完成。

套播红花草种子：晚稻即将抽苞时，我们赶紧在晚稻田里面套播种红花子种子，真是人心齐，办事快，两天套播完红花子种籽。

寒露了，晚稻抽苞正常，晚稻田里每隔三天过一次水，过水时不要太饱和，以免红花种子流失，保持水田湿润即可，有利于晚稻的扬花散籽，有利于红花籽的发芽生长。

寒露节收挖长山药，为了不挖断长山药，我们用小栽刀子慢慢地刨开土，将长山药一根一根地取出来。我和满叔细心地刨出长山药，刨出装到长鋻篼箕里两担，在地里刻意留下了小的山药，作来年的种山药。

然后担来稻草盖住地块，再薅些草皮子土压盖在稻草上，给种山药保暖过冬。

长山药的用处很多：作药、煮吃、炒吃、炖吃。山药、枸杞炖鸡吃，对男人、女人、老人都很好，既营养又补身。

长山药治疗冻疮。冬天要是冻伤手脚，用一节长山药洗净，去皮，捣碎成泥糊糊，敷抹到冻伤处，当下很麻，发痒，忍上十来分钟即可。被敷过的地方以后不再复发冻疮。

长山药治疗脚气。用长山药一节，捣碎成泥糊状；活的河小米虾二两洗净，用白糖一两搅拌成虾泥浆；再将虾、山药两样泥糊浆搅拌到一起，搅拌均匀，敷到有脚气的脚病处，连敷三次即可痊愈。敷上后也有发痒症状，忍十几分钟即可消失痒症状。

满婶和娘这两天收采了很多的紫苏壳。菜园子里的，田塍、田墈上的，全部收采一遍，已经是干壳，稍晒一天半天的就能储藏起来。苏壳是一种药材，很多处方都用到它。

红薯园子里一天十二个时辰都有人看着：晚上，爹爹、满叔和我轮流守夜；白天，公吉边放牛边看守。中午我去给公吉送饭，和公吉聊天："公吉，您老人家年轻时，喜欢做些什么？"

公吉说："我年轻时什么都得学会，我的爹爹是气喘病人，我的公吉在外打长工，很少照顾家里，我所学习的种田技术，都是我的姑父教给我的。我的姑父原本是我公吉的学徒和义子，对我很是严格。我爹爹常来挑刺，找毛病，就是挑不出毛病来。"

我心里真的很是佩服和敬重公吉，公吉不论为人做事，还是农耕技能，都要高人一筹，为人之表率。

寒露过后，红薯已经长成，我们开始挖红薯。

我和满叔两人先把红薯藤割掉,缠成一把一把的,晒到山边,等回家吃饭时用绳索捆成大捆担回家。

一人割了有三块土，满叔躲到守夜棚里说:“云大，来歇会，喝口茶，抽口烟，这天气太热，昨天下雨，红薯土里这蒸气冲上来真不好受呢，弯腰久点，腰都困了。”

满叔的腰十一岁时受过伤，那时我九岁，我俩掏鸟窝，满叔正爬在树上，公吉突然大喊一声，满叔被吓得摔下来扭伤腰，从此我们不再爬树掏鸟窝了。

我说：“您先歇歇，我再割一会，我年纪小，个儿也小，多弯一会腰没问题。”

我们俩人累了,到守夜棚里休息一会,六亩红薯地割了两天，担红薯藤用了半天时间，然后挖红薯。

挖出来的红薯先排放在翻过地的红薯土上，晒一晒，到天快黑再担回家，放地坪里和阶台上晒着，满婶和娘把红薯分开来储存，又大又好的红薯连根一起储存到窖里，来年做种红薯和日常吃；半大的好红薯去根存放到灶的柴旮旯里和灶屋里的地窖里，用粗糠皮子捂着，日常蒸、煮着吃；被挖破皮的、长的不好的、小的红薯堆放到杂屋里，准备养猪。

我家灶屋的围炉旁边，挖有一个地窖，上面是木地板，四尺见方，地窖里面大些，能放五百来斤红薯。红薯久放一放，等红薯蔫了，蒸着吃、煮着吃、灶里烤着吃，还出红薯油呢，都很好吃，很甜。没蔫的新红薯吃后，肚里容易产生胀气，爱放屁。

娘和满婶拣出一些好的小红薯，煮熟用针线串起挂墙上阴干，或挂梭筒上熏干，或切些红薯片和红薯条晒干。晒干的红薯片、红薯条用油炸着吃，或用糠皮子炒着吃，招待客人，很香、很脆，也是当地的特色小吃。用糠皮子炒红薯片、红薯条，不烧红薯片和红薯条，出锅后用手筛筛出糠皮，黄澄澄的原味红薯片、红薯条更好吃，更香。油炸出来的红薯片、红薯条当然很香，很好吃，但是手上会沾上油。

这几天娘把红薯切厚片放捞米饭下面，吃蒸红薯。刚挖出来的红薯吃后容易肚胀，二弟在学堂里总爱放屁，同学笑话他是放屁大王。回来埋怨娘说："你蒸的红薯老放屁，同桌叫我放屁大王，我不吃红薯了。"

娘慢慢地说："二伢子呀，你公吉、安吉那么大岁数都一样地吃红薯，也没有半句怨言，你小伢子吃红薯更应该没有怨言。家里人都能吃的，你就应该一样能吃，这样才是咱们家里的人。"

二弟不服气说："咱们家的谷子够吃了，为什么还要吃红薯呀？"

娘耐心地说："咱们家的谷子是够吃了，那上屋里、冲里人都够吃了吗？他们都是以吃红薯为主食呢，咱们要和大家一样吃红薯才能体会到没有种谷子人的艰辛啊。咱们的祖辈不是这样艰辛的生活，又哪会有现在这么多的稻田啊？又怎么会有谷子够吃呢？"二弟点点头，表示赞同。

娘接着说："你的同桌嫌弃你放屁，你就说：这是上下通气，不生病的，每个人都会有的，没什么好笑的。"

二弟这才低头不语地去练习毛笔字。

种小麦：把翻挖好的红薯土，梳出来，打眼种麦子，点麦子后少放些沤凼粪土，麦子眼儿浅，每个眼里用瓒子舀上水浇湿，要把麦子眼儿浇透水，麦子好发芽。

爹爹和满叔打眼，满婶点麦子，我放粪土和担水，公吉浇水。一流程下来，两天半种完麦子。

我们把稻草人扎结实些，牵了有七根绳子把洋油桶拴到细树枝上，只要鸟儿往树枝上和绳子上落，都会有响声，吓跑飞鸟和野鸡等，免其糟蹋麦地和刨食种麦子。刚长出来的麦苗鲜嫩，也是它们爱吃的食物。

霜降节，晚稻长势很好，已经扬花散籽。晚稻田里的红花籽也已发芽，长出来嫩叶。

九月二十六日，清早看东方，是个晴朗的好天气。

今天是公吉六十岁的花甲生日：昨天我和满叔，分别去请亲友和接茶塘冲所有的人来喝公吉六十大寿的寿酒；昨天家里宰杀一头猪、一只山羊、三只兔、六只鸡、十条鱼……

爹爹请的厨师昨天晚上已经来家。做好扣肉、丸子及蒸、煮、炸了很多菜：鸡、鱼、羊、兔、鱿鱼、海鲜、竹笋、蘑菇等等。叫做海鲜席。

清早，三姑及她家爹、家娘来的最早；四姑及家爹、家娘；二姑俩口、俩孩子、家爹家娘；大姑俩口及三个孩子；我的五个舅舅、舅母，三个舅公（舅爷爷）及舅安（舅奶奶），三个姨安（姨奶奶）等；公吉的生意伙伴；冲里冲外的邻居和朋友。陆续地都来给公吉庆贺六十大寿。

正堂屋里，摆香案，公吉和安吉烧香跪拜老祖宗牌位，然后并坐堂屋上方。

首先，爹爹和娘带着我们五个伢子、妹子给公吉、安吉拜寿。爹爹说："祝贺爹爹六十大寿，福如东海，寿比南山！"

接着，满叔和满婶带着四弟、抱着五弟给公吉、安吉拜寿。

满叔说：“祝爹爹长命百岁，万事如意！”

大姑一家，二姑一家，三姑，四姑分别给公吉、安吉拜寿。我们全都行下跪拜寿礼。

其他亲戚朋友是见面时说：拜寿、祝长寿、祝健康、祝福等等祝福的话，寒暄几句。

一共十桌客人，大家欢聚碰杯敬酒、饮酒谈笑，最多说的是：“你吃，夹菜……”，热热闹闹欢庆公吉的六十大寿。

饭后，公吉牵出“宝贝”小牛仔，给懂行的亲朋看牛、识牛。

这个说：“裆开，好脚力。”

那个说：“丰台高，圆满，好背犁。”

还有人说：“牛鼻子肉厚好穿鼻棍。”等等

大家夸牛夸得公吉直点头：“对、对、对……”满脸堆笑，今天是公吉两个月以来最快乐的一天……

米蜡树上的蜡籽成熟了，我带上弯刀，爬上蜡树，将蜡籽一束一束的枝儿砍下来。然后将蜡籽和皂角煮熬成糊状，凉干，捏成大拇指粗的条，放一根棉线在中间，搓成蜡烛，阴干后当油灯使用或供奉用的蜡烛使用均可。

清早起来天色不错，去山中“采宝”——摘皂角。皂角藤缠满了杂木树，很多棵杂木树上挂满了皂角。皂角已成熟，黑棕色，用弯刀将其割下投入树下的箩筐。很快摘满一担回家吃早饭。连摘几天，留下自己家用外，其余送到十五六里远的楠竹山集市上卖掉或换盐、煤油等。

今年的寒食萝卜、韭菜籽、秋南瓜都丰收了；冬瓜也储藏了十来个，娘做的酸冬瓜菜好吃极了，三弟和四弟都爱吃。

油菜苗子和萝卜苗子也长成三寸高，我们再突击栽油菜和萝卜菜。

栽油菜和萝卜菜：爹爹和满叔、我担凼粪土和担水，离家远，我们只管担到田里；满婶往眼里放土、放苗；公吉栽苗和浇水，每眼栽三根苗，成三角形。两天栽完。

每天早、晚来浇水两次，如果有肉虫吃了根，苗子会蔫下来，把肉虫掏来喂鸡，再补栽就好。七天了，苗子已经正常生长了，叶子也绿起来。

南山塘里的水已剩无几，可以清理滑坡时山水冲刷到山塘里的泥沙了。满婶将泥沙挖到箢箕里，我和满叔、爹爹担泥沙倒入远处的山坑里。刚清理一上午，下午其他六户的人都来帮忙，挖的挖、担的担，人来人往，两天全部清理完。我家在山塘里种的富菜（芹菜）也都露出来，全都被捂得嫩白嫩白的。富菜不用每年种，它和竹子生长相似，由根、节部发芽成长，也是一节一发芽的长苗，芹香味特浓，吃起来很香，只要见到阳光很快就会绿起来。

立冬节了，晚稻田里，已是一片金黄。晚稻禾苗的叶子跟着稻穗一起黄熟，晚稻田里真是金黄金黄。微风吹过，金波荡漾，煞是好看。稻穗：穗长粒多、谷粒丰满。今年已是三月不下雨了，真是旱年吃饱饭啊！晚稻一片丰收的景象。农家人还常说：天旱三年吃饱饭，旱年是丰收年。

开始收割晚稻：我们一家人投入到收割晚稻的热潮中，这是今年最后一次农忙，这几天天气都很好。

爹爹和满叔扮禾——“嘭、嘭、嘭……”

我和满婶割禾，手拿雪亮的镰刀，弯起腰身，从左到右割一行满手禾把，放下，再割一行，行行一手禾把，放整齐，排排躺倒田中，像士兵练卧倒般待命……

禾把多了，够爹和满叔扮一阵子。我去出谷、担谷送到晒谷坪，推开谷子晒谷，晚稻谷子原本是干的，只要稍晒两天就能入仓库。

我们割禾、扮禾、出谷、送谷、晒谷、翻谷，十来天全部收割完。

晚稻谷子干得快，好晒，老天爷很眷顾我们，晒谷期间也只阴了一天，在霜冻前全部入仓储存。今年是丰收年，两只扮桶也装满了谷子。

冲里六户邻居及冲外坳嘴弯的非种粮户，都来我家换粮和买粮。担进担出地热闹了好几天。

每年这个时候收割棕和棕籽。棕树叶大常绿，姿态优美，是我家屋后的风景绿化树。

今年每棵棕树结了很多枣（支）棕籽，将棕籽一枣一枣地砍下来，棕籽是饲养牛的好饲料，冬天寒冷时掺到稻草里喂牛，牛吃得香也长膘。

我用弯刀细心的割下底层的老棕片，棕片可以做蓑衣、棕垫、棕绳、棕刷子等。今年割了不少棕，每年都自用有余。满叔是打棕绳的能手，能打出细而结实的绳来。爹爹没有满叔细心，但是打出来的箩筐绳也是无可挑剔的。

制作棕绳前，将棕片撕碎成一根一根的棕丝，这项工作非常细则不能乱。我的办法是一根一根地抽丝，太慢，满叔是用铁梳子梳，到最后还得抽，有时他梳，满婶抽，也很快完成一片综。

棕树木材耐湿、耐潮、耐腐、质地坚硬，可用作水槽、房柱等。

棕叶可以制作扇子、编制提包和玩具蚂蚱、蜂窝等。叶子柄还可以做牙签呢。

棕树浑身都是宝，也容易种植，留下一枣棕籽做种子，自然散落到地上，来年生长出棕苗来再移植别处。棕树成长慢、节儿密，但是必须每年割棕，才能长得快点，也不能过多的割棕，否则长不粗壮。

满叔、满婶上山摘黄栀子、糖枝丫、毛栗子，俩人两担箩筐担子满载而归：一箩黄栀子、一箩糖枝丫、一担毛栗子球球。

满婶对公吉说："该摘茶籽了，看到上屋里大嫂子在摘茶籽嘞。"

公吉这半个多月来和冲里的六户人家一起看守茶籽，每天边放牛边守山看茶籽，晚上有白达子和达耳子看守茶籽。

公吉也回来了，接着说："是的，我们明天也开始摘茶籽，大家今天收拾好地坪，准备晒茶籽。"

爹爹说："云大，把后院的木头搬到地坪的四周边上，放好，挡住茶籽不要滚落到池塘里和沤凼坑里。"

我说："好嘞。"有的木头长，不好出门，满叔帮我抬。然后告诉白达子和达耳子，要它们看好木头，两条精明犬"汪汪"地答应着。

清晨，公吉吹起了牛角号："噢喔——"、"噢喔——"。只吹两声，这是号召七户一齐摘茶籽的号角。

茶林寨、茶籽坳、茶籽岭的茶树上结满了沉甸甸的茶籽：

七户人家一齐奔向自己的茶籽山，也相互瞭望着对面邻居的山茶树，防止外人趁机偷窃。在摘茶籽时自家人是看不到自家的整片茶林的，大家都相互照看对方的茶林。就这样祖辈相传，和睦相处。

我们担了四担箩筐先摘岭上的，一字分布排开往下摘，我们由外往里摘，这样就不怕别人来偷摘茶籽了。今年茶树上结得满满的、沉甸甸的茶籽，我预估今年要比去年多收五六担茶籽（带壳）。

安吉和娘都是小脚，安吉的脚更小，差不多就是三寸金莲，娘的小脚稍大些，但也裹脚，留在家看伢子妹子们，扫地、洗衣、摘菜、做饭等。

公吉把牛也赶来山上，边看牛边摘茶籽。

我们摘了两担后，我和满叔负责送回家，送了四趟茶籽就快到中午，娘说饭菜好了，我和满叔用箩筐担子，担着饭菜到山上和大家一起吃午饭。

下午，我和满叔送了四担茶籽回家后，天色渐渐的黑了，大家也都累了，公吉送回去牛后也一同来山上接挑满婶的这担茶籽。我们做好摘过茶籽树的记号，担着茶籽回家，一天下来摘了二十二担茶籽。

上午晒的茶籽就有很多炸开壳，看来得增加人手摘，要是在茶树上炸开落到山里树叶草从中，捡都没法捡，山地面全是厚厚的一层枯树叶。

吃饭时，我说：“公吉啊，上半天摘的茶籽有很多晒得炸开了，树上的茶籽恐怕也会炸开，我今晚去叫三姑的大伯和小叔子来帮忙摘吧？”

满叔也说：“是啊，我也想把四姐、四姐夫的弟弟们都叫来摘呢。”

公吉说：“好，你们吃完饭就起身分头去叫他们吧。”

我和满叔齐说：“好嘞。”我们换件衣服分两路出发……

第二天早上，我和三姑的大伯及小叔三人清早回来吃早饭；满叔、四姑、四姑父的弟弟四人也来吃早饭。二弟、正妹今天也没有去上学，二弟跟去摘茶籽，正妹帮娘做饭。

这一天基本摘完，只剩几棵零散的茶树没摘了，整个地坪布满厚厚的一层茶籽。晚饭后，四姑执意要和四姑父的弟弟们一起回去。安吉给三姑家、四姑家带回去麦子和糯米各四升。

我和满叔继续摘零散茶树的茶籽。满婶到山里找摘羊开口、毛栗子（小板栗）、黄栀子和糖枝丫，检查茶籽树上是否有漏摘的茶籽等。

天黑回家，我们都满载而归，三担箩筐都满装着茶籽、羊开口、毛栗子（小板栗）、黄栀子和糖枝丫等。

二弟放学回来就来翻箩筐，一连吃了好几个羊开口，连饭都不想吃。睡到深夜小肚子痛，起床拉屎全是稀的。羊开口不能空肚子吃，饭后吃对身体好，有营养；饭前吃有害身体，吸收不了，还有胀气，没法消化。全部拉出来后，肚痛自然消失，不用医治。

娘把糖枝丫都汇集起来，用剪刀把糖枝丫的刺、把、蒂剪掉，再剪开，将籽籽拨出来，只留下果皮。放砂锅里熬煮，像撮糊糊那样，边煮边撮，最后刮出来铺平，放凉凝固，切成块，这就是当地有名的“糖枝丫”糖。

一般人们嫌弃糖枝丫浑身是刺，不小心就扎着手了，它的籽籽还有毛毛，手沾上籽籽的毛毛会起疙瘩痒痒。所以都不愿意自己做，很麻烦；熬不好时，也会变成黑焦糖不能吃还有毒。

娘很会做糖枝丫糖，今年做的糖枝丫糖比去年多，应该够吃，一般只有吃完药口苦时吃。伢子们摔着哭脸时往嘴里塞上一块，做药引子时也常用到。

爹爹在家翻晒茶籽，晒茶籽是力气活，一般人翻不动那么厚的茶籽。爹爹边翻茶籽边捡出脱壳的茶籽籽来，单另用篮盘晒。

安吉和娘有空就来拨茶籽壳，每天晚上，我们都来围桌拨茶籽壳。把大篮盘放到桌子上，里面倒些裂开壳的茶籽，然后大家围着桌子来剥茶籽壳，拨完一撮箕，再倒进来一撮箕，把没裂开的茶籽再放回去晒。一晚上能拨出来一箩筐的茶籽籽。

满婶的手都剥得裂开纹，安吉晚上给满婶送去自制的抹手油。抹手油是用鱼油、猪油、茶籽油（清油）三种油炼制而成，这种抹手油很管用，冬天手起粗皮、裂口等，抹上睡一夜基本能康复。

晒了几天，茶籽全部炸开壳，全家人每晚给茶籽去壳。

我们把扮桶折子、竹席子放到晒谷坪里铺展，将去壳后的茶籽倒在扮桶折子上、竹席子上和篮盘里铺开铺匀，晒干，茶籽不能沾上泥土和杂质，晒干后就去榨油。每天早上太阳收完露水后，担出去晒茶籽，傍晚太阳落山、降露水前再收回来，不能让露水潮湿了茶籽。

我们家有五棵桐籽树，桐籽球黄了熟了，我爬到桐树上摘、踹、摇，用竹竿打到地上。我和爹爹、满叔、满婶一起在桐树下捡，桐籽球比大蒜还大，打到人身上还很痛。每年的桐叶我们都摘做桐叶粑粑，桐树下没有多少杂草柴叶，桐籽球大好找。

我们收捡了三担桐籽球，桐籽球不能晒，如果晒干了壳会变得很坚硬，剥不出籽来，而且还扎手。所以只能捂，捂到球壳熟了（腐烂），放进牛饲料桶里面用脚踩，把桐籽籽挤出来，当然用手剥也行，只是会把手染黑的，很长时间都不褪色，结成硬皮，自然脱皮，手才能白起来。脚踩完桐籽，然后再晒干桐籽榨桐油。

这几天山里的松鼠又窜动了，我和满叔、满婶赶紧来捡松籽。先用竹耙子将松树下的松毛子爬成堆，做点火用的柴，干而易燃；我爬到松树上摇松树枝，松籽像大雨滴一样哗啦啦地散落到地上，半天三个人捡了三布袋。晒干后用轻磨子轻轻地碾压一下，就好拨开炒着吃。

摘回来的毛栗子球捂了好几天，也能踩出籽了，满婶是大脚，负责踩揉毛栗子球；安吉、娘、满妹子三个捡、拨毛栗子籽，三弟、四弟在旁边捣乱，一会扎着手了，要满妹子把刺扯出来，再给吹吹被扎的伤手；一会要吃一个栗子，要满妹子咬开给他吃。每年毛栗子也能换些钱……

晒谷坪的保养：我把晒谷坪里铺一层稻草，稻草上再洒一层薄薄的土；再将牛粪池用稻草捂平，挖些土草皮盖压好，下雨下雪都有稻草给它保温，来年就不用再修补。

今年又准备烧木炭，我和满叔砍伐树枝和山中不成材的木材烧木炭。

满叔在树上说："云大，你看看木柴是不是够烧一窑，还要不要砍？"

我说："只够一窑的，再多砍伐些，我打算砍伐能烧两窑的木材。"

满叔说："哦，那就再砍些，这么多了，一窑肯定装不下。"

我说："先砍回去，烧出第一窑后，马上再烧第二窑，一两天干不了。"

满叔说："是的，呀！哎哟……"我抬头看到满叔倒挂在树枝上，赶紧跑过去抓紧满叔的手。

满叔顺势跳下来说："呀，腰扭了，有些痛。"

我赶紧给满叔揉腰说："是不是老地方又痛了？"

满叔咧着嘴说："嗯，你轻点，痛，痛，云大，快别揉了，还是回去让爹爹看看再揉。"

"哦。"我回答着把自己的腰带给满叔缠紧腰："我先送你回去。"

我搀扶着满叔走，慢慢地送回家。

公吉给满叔摸着腰问："是这儿痛？是这边痛？"

满叔咧着嘴角说："是这儿，这儿。"

公吉说："哦，是扭伤肋筋了，是不是觉得欠欠的。"

满叔说："是的。"

公吉说："还好，无大碍，休养休养就会恢复的，不要拿重东西，不要随意扭动身子。"

我一个人再回到山上把木材捆绑好，一担六捆，担回家，然后再把树枝柴捆好担回来。

我整理好烧木炭窑，装好木材，一年一度的烧窑开始。手拿风箱吹火，火苗很快通往窑顶，我要烧出最好的一窑木炭。一个人去县城送木炭，我的心情豁然开朗：外边的天空是那么的宽阔，那里有着无数和我一样热血沸腾的青年报效祖国，他们充满激情，保护着劳苦大众。我的两位姑父也是如此，我为什么不能去充当其中的一员呢。

满叔的腰扭伤暂时不能多动，但无大碍，修养一段时间就好了。

我边烧窑边砍过冬烧柴，把冬天煮饭烧柴准备好，柴密好砍，两间楼屋都装满了柴，过冬的柴够了。

今天担出三担谷子来碾米、车米、筛米、舂米。平常一天最多舂两担米，今天特意多舂些米。娘过来说："云大，米桶里还有很多米呢。"

我说："满叔腰痛，一时半会好不了，今天有空多舂些，我准备舂熟些，做过年的吃米。"

娘没有再说什么，缓缓转身，踏着小脚步走进东堂屋。我看着娘的背影：娘腰粗肚大，又要生伢子了。我默默地念着：娘，感谢您老人家这么多年以来对我的抚养和关心教育，将来我一定会报答您的恩情的，您老人家要多保重身体……

尾 声

一场秋雨一场寒　十场秋雨就穿棉

雨淋沥沥白露节　大旱持续十个月

（天象气候农诀）

祖辈至今，以年为周期，周而复始的辛勤劳作。

今年第一窑木炭封顶，后天出窑。我心情沉重，思绪万千，在送木炭前，又去看了看外婆。

外婆比原来消瘦些，面额上又增添了不少皱纹，白发苍苍，扶着拐棍，靠门边站着，眺望着我的背影离去。我不时回头招手再见，心中默默告诉外婆：或许这是我最后一次见到外婆您，您的模样永记在心……

这几天满叔腰身疼痛，不能和我一起去送木炭，我一个人前往。

临行前，我在床头枕下留给家人一封书信，先表歉意，后表达我这一年来对外边生活的向往，这次出门想去当兵，若未能按时回家，便是我参加革命了……

一九四八年的冬季，我离别家乡，离别亲人，走上了革命的道路，实现了当一名军人的理想……

木炭兵行

车扭扭　路幽幽

披星戴月推车行

手掂掂　肩耸耸

山道坑洼路不平

爬山坡　越山涧

满车木炭送县城

心潮涌　意当兵

脚步似飞肩担轻

城门口　皇榜登

近前相看是征兵

挑起担　往里行

伢车齐征木炭兵

我成为了一名革命者：“湘西剿匪武工队”队员；抗美援朝老兵；“中国历史博物馆”建设者；中国共产党党员。我将终身难以忘却的“家”的传统农耕的技能技巧、方式方法聚集此书——《耕史记》。呈献给后人参阅使用、发扬更进。

大风不过午　过午连夜吼　风向四面转　天气快要变

中午要起风　怕有雹子扔　早晨不煞风　刮到日头中

（天象气候农诀）

天象气候农诀

红云变黑云 必定下雨淋 红白黑云纹 雹子下不少

西北黑云生 暴雨必形成 早怕南云涨 晚怕水云推

立春之日若下雨 直至清明雨量多 春寒多雨冬寒少 春黑冬白雨不停

土地生日二月二 天若打雷早稻丰 雨打五更日晒水 春风有雨病人稀

春天寒冷雨水多 冬天寒冷雨稀少 早春播种莫过早 按季播种正当时

春季之雾曝死鬼 夏季之雾做大水 无水磨暴春南风 夏天北风雨甚少

清明风若从南起 定主田禾大丰收 一点雨来一个灯 落到明朝也不晴

三月酷热若过份 水中泥鳅被酷死 象微台风及早来 六月稻谷受吹毁

端午节后无寒气 五月食粽存被褥 立夏若吹西北风 年中早稻歉收成

小暑前后东风起 则有台风要来临 大暑早晚泛红霞 日中必将有台风

六月十三道不干 不是下雨就阴天 不怕六月六的雨 就怕六月六的风

七月十五看红花 八月十五定收成 九月九阴一冬温 九月九晴一冬冰

一九有雪九九雪 小雪降雪来年丰 雪打正月初一节 二月下雨雨不歇

腊月南风即时雨 大寒不寒畜多疾 晨雾不开久不散 农披蓑衣戴斗笠

秋冬东南风 雨下不相逢 春夏西北风 夏来雨不从

夏风连夜倾 不尽便晴明 雨过东风到 晚来雨更凶